庫

怨返《おんがえ》し

古道具屋 皆塵堂

輪渡颯介

講談社

目次

古道具屋 皆塵堂《かいじんどう》
―怨《おん》返《がえ》し

登場人物

藤七（とうしち）
越《こし》ヶ《が》谷宿《やしゅく》の旅籠・黒松屋《くろまつや》で働く。
伯父・仁兵衛《じんべえ》の遺品の始末をつけに江戸へ。

伊平次（いへいじ）
深川《ふかがわ》の古道具屋皆塵堂の主《あるじ》。
曰《いわ》く品《ひん》ばかり集めてくる。

福永（ふくなが）
浪人。「刀狩りの男」の
異名をもつ。

清左衛門（せいざえもん）

皆塵堂の家主で、材木問屋鳴《なる》海《み》屋《や》のご隠居。

峰吉（みねきち）

皆塵堂の小僧。器用で客あしらいが上手。

イラスト：山本（Shige）重也

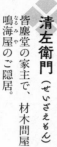

太一郎（たいちろう）

浅草の道具屋銀杏屋《いちようや》の主。
幽霊が見える。

巳之助（みのすけ）

棒手振《ぼてふ》りの魚屋。顔に
似合わず猫好き。

怨返《おんがえ》し

古道具屋　皆塵堂《かいじんどう》

先代の正体

一

「藤七《とうしち》、ちょっといいかい」

背後から声をかけられたので、藤七は草むしりをしていた手を止めて振り返った。

「ああ、なんだ与吉《よきっ》ちゃんか……いや違った、今は与兵衛《よへえ》さんだったな。何か仕事があるのかい、与兵衛さん……あれ、これも言い方が悪いな。ええと、何の御用でございましょうか、旦那《だんな》様」

「……お客の前ならともかく、二人きりの時はまだ与吉《よきち》でいいよ。言葉づかいも。他の人もなかなか慣れないみたいだし、ましてや藤七の場合は餓鬼《がき》の頃からそう呼んでいるのだから、すぐには改まらないだろう」

「本人がそう言うなら遠慮なく呼ばせてもらうよ。それで与吉ちゃん、何の用だい。お客が来たのかな。だったら風呂を沸《わ》かそうか。それとも畑から何か……」

「いや、残念ながらそうじゃないんだ」

与吉は小さく首を横に振ると、庭に生えている松を見上げた。

ここは日光《にっこう》道中越ヶ谷宿《こしがやしゅく》にある旅籠《はたご》、黒松屋《くろまつや》である。屋号の由来はもちろん与吉が眺《なが》めている松だ。見事な枝ぶりの大木で、通りからも見えるので黒松屋の目印になっている。もはや看板と言ってもいい。

ただし、実はこの木は赤松である。だから屋号を決めた先代の主《あるじ》は、初めは赤松屋にしようと考えたらしい。しかし黒松屋の方がなんとなく格好がいい、というだけでこの屋号にしたそうだ。

「まあ、まだこれからお客がいらっしゃるかもしれないが、大勢で押しかけてくることはないだろう。こっちですべてやっておくよ」

「そうか……」

藤七は肩を落とした。

黒松屋は本陣や脇本陣には及ばないまでも、宿場内ではかなり大きな旅籠だ。しかしそれは建物や敷地が広いというだけの話で、決して繁昌《はんじょう》しているわけではない。

なぜならここは、お堅い商人や女連れの客が泊まる平旅籠だからである。街道の旅人のほとんどは男だ。そのため部屋へ案内したり料理を運んだりするだけでなく、夜の相手までしてくれる女がいる飯盛《めしもり》旅籠の方にどうしても客は流れる。他の宿場町もそうだろうが、この越ヶ谷宿でも賑《にぎ》わっているのは飯盛旅籠ばかりである。黒松屋に限らず平旅籠はどこも内情は厳しいのだ。

「うちの場合は、伯父さんが亡くなったということもあるしなぁ……」

藤七は与吉と同じように松の木を見上げながら呟《つぶや》いた。

伯父さん、というのは、ふた月前に病のために他界した黒松屋の先代の主、仁兵衛《じんべえ》のことである。旅籠屋の主人でありながら人前に姿を見せることを嫌い、もっぱら奥に籠《こ》もって客に出す料理を作っていた男だった。しかしこの料理が評判で、仕事で奥州《おうしゅう》の方に何度も足を運んでいる商人の中には、飯が美味《うま》いからと言って黒松屋を贔屓《ひいき》にしてくれる者もいた。聞くところによると、仁兵衛は若い頃、上方で料理の修業をしていたらしい。

その仁兵衛の息子であり、藤七の従兄弟《いとこ》に当たるのが与吉である。まだ二十代半ばで年は若いが、黒松屋を継いで主人に収まり、名乗りも与兵衛に変えている。

「親父が死んだら駄目になった、なんて言われないように、気を引き締めてしっかりやらないといけないな」

「もちろんだ。そのためならこの藤七、たとえ火の中水の中、どんな苦難でもやり遂げてみせるから」

「随分《ずいぶん》と大袈裟《おおげさ》だな」

「伯父さんには恩があるから」

藤七の両親は流行《はや》り病で早くに亡くなっている。そのため仁兵衛が親代わりとなってくれたのだ。無愛想で取っ付きづらいところのある伯父だったが、今になって考えると藤七のことをかなり気に掛けていたことが分かる。

例えば藤七は十二の時に隣の宿場町にある万屋《よろずや》に奉公に出たが、仁兵衛は忙しい仕事の合間を縫ってちょくちょく様子を窺いに訪れていたらしい。

もっともそれは後から万屋の主に聞いたことであり、その頃の藤七は伯父がそんなことをしているとは知らなかった。わざわざすぐそばまで来ていながら当の藤七に会わずに帰るあたりに、仁兵衛の人柄が表れていると思う。決して相手を甘やかさない厳しさをしっかりと持っているが、その一方でものすごく心配性の面もあったのではないだろうか。

その万屋は今から五年前の、藤七が十七の時に残念ながら潰《つぶ》れてしまった。それで越ヶ谷宿に戻ってきたのだが、新たな仕事先にあてがなかった。そのため藤七は再び伯父を頼り、この黒松屋で働かせてもらって今に至るというわけである。

「伯父さんには本当に感謝している。危うく路頭に迷うところだったからね。うちにはすでに梅造《うめぞう》さんがいたのに、よく使ってくれたと思うよ」

仁兵衛は修業を終えた後もそのまま上方で料理人として働いたらしい。そして十分に金を貯めてから生まれ故郷であるこの越ヶ谷宿に戻り、潰れかけていた旅籠を買い取って黒松屋を始めたという。梅造というのは前の旅籠で働いていた奉公人で、放り出すのは可哀想《かわいそう》ということで引き続き置いたのだ。

江戸や大坂、京などの大きな町、あるいは伊勢《いせ》のように有名な寺社がある場所ならともかく、たいていの宿場町にある平旅籠は男の奉公人がいないか、いてもせいぜい一人である。主の家族と、下働きの女中が数人いれば事足りるのだ。だから実は藤七は、いなければいないでどうにでもなるのである。

「いやぁ、梅造さんももう年だからね。力仕事は大変そうだ。その点、藤七は何でも厭《いと》わずにやってくれるから助かってるよ。たくさんある布団《ふとん》も小まめに干してくれるしね。どこの旅籠も蚤《のみ》や虱《しらみ》には頭を抱えているが、お陰《かげ》でうちはその心配があまりない」

「ううむ。それくらいはなぁ……」

与吉だってまだ若いのだから、その気になればできる仕事である。

「あと、蜘蛛《くも》とか百足《むかで》なんかも平気だ」

「それは梅造さんにも言えることだし」

しかも藤七が苦手としている蛇《へび》も捕まえてしまうので、梅造の方が上かもしれない。

「中には話し好きのお客もいるが、そういう人の相手をしてくれるのもいい」

「近頃では邪魔にされることが多いけど」

藤七は、分からないことや不思議に思ったことをやたらと人に訊《き》いて回る子供だったので「知りたがりの藤七」などという呼ばれ方をしていた。大人になってもその性分は変わらず、仕事でいろいろな場所を歩いている旅人が来た時には、今でも話を聞きに部屋を訪れることがある。もちろん無理やりではなく、相手に許しを得てのことだが、常連客の中には「疲れているから来ないでくれ」と初めから断ってくる者も最近は増えた。藤七がしつこすぎて話すことがなくなったのかもしれない。

「とにかく藤七のお蔭で助かっているのだから気にすることはないよ。お前は十分に役立っている」

「いいや、まだ足りない。さっきも言ったように伯父さんには感謝しているんだ。受けた恩を少しでも返さないと」

藤七は空を見上げた。日が傾いている。これから越ヶ谷宿に着く旅人は先の宿場に進まず、この町に留まるだろう。

「よし、宿引きだ。お客を捕まえるぞ」

他の旅籠に取られてなるものか、と藤七は勢いよく駆け出したが、庭から出る前に与吉に呼び止められた。

「ああ、だからそういうのはこっちですべてやっておくから、藤七は行かなくていい。それより頼みがあるんだよ。うちの親父への恩返しになることだ」

「うん？」

藤七はくるりと踵《きびす》を返し、駆け出した時の勢いのまま与吉のそばまで戻った。

「よし、任せてくれ。蛇は苦手だし喧嘩《けんか》もあまり強くはないが、黒松屋のためなら体を張るよ。矢でも鉄砲でも持ってこいってんだ」

「本当に大袈裟だな……だがそう言ってくれると、こちらも気が楽だ」

与吉は神妙な顔で頷《うなず》くと、庭の端に設《しつら》えられている小さな木戸の方へ歩き出した。どうやらその向こう側に用があるらしい。藤七は与吉に続いて、その木戸を通った。

板塀《いたべい》で仕切られてはいるが、木戸の先も黒松屋が持っている土地だった。昔はそこに味噌屋《みそや》だか酒屋だかの店が建っていたそうなのだが、黒松屋の前にやっていた旅籠同様、やはり商いがうまくいっていなかったようだったので、仁兵衛が一緒に買い取ったのだ。そして店の建物を潰して畑にしてしまった。ただ土蔵だけはなぜか壊さずに、畑の隅に今も残っている。

与吉はその蔵の前で立ち止まった。戸に大きな錠前がぶら下がっている。

「藤七は入ったことがないよな」

「ああ」

ここに出入りしていたのは亡くなった仁兵衛だけである。他の者が足を踏み入れることは禁じられていた。仁兵衛の下で三十年近く働いていた梅造ですら入ったことがないらしい。

藤七は「知りたがり」として当然のように蔵の中に何があるのか気になり、それとなく仁兵衛に訊いてみたことがある。しかし仁兵衛は怖い顔で「大事な物だ」とだけ答えただけで、それ以上は何も喋《しゃべ》ってくれなかった。

「前に訊いた時には、与吉ちゃんも蔵の中のことは知らないって言っていたけど」

「その時にはね。だけど親父が亡くなり、ここの鍵は今、俺が受け継いでいる」

与吉は左腕の袖口《そでぐち》に右手を突っ込んで鍵を取り出した。

「これを渡されたのは親父が死ぬ少し前だ。病に倒れて、自分ももう長くないと悟ったみたいだな」

錠前が外された。建て付けの悪い板戸を、与吉ががたがたと音を立てて開ける。するとまた戸が現れた。二重になっているのだ。内側は外の光が入れられるように格子戸だった。こちらにも錠前がぶら下がっている。

与吉は、今度は右の袖口に左手を突っ込み、鍵をもう一つ出した。

「俺はそれから数回、この蔵に入っている。ほとんどは掃除のためだ。事情があって二度ほど中の物を外に出しているが、それも今は戻っている。だから親父が生きていた頃と変わりはないよ」

錠前を外し、やはり建て付けの悪い格子戸をがたがたと開けた与吉は、蔵には入らずに少し横へと動いて藤七の顔を見た。どうやら好きに中を見ていいということのようだ。藤七は遠慮なく足を踏み入れた。

蔵には二階もあり、入ってすぐの左側に梯子段《はしごだん》が見えた。上も気になるが、藤七はまず一階から調べることにした。

そうは言っても、見る物などほとんどなかった。蔵の一階はがらんとしている。奥の方に台があり、そこに箱などが置かれているだけだった。

藤七はその台に近づいた。箱は三つある。幅が二尺くらいありそうな大きめの物と、それよりもう少し小さい箱、それと同様の大きさだが底の浅い箱の三種だ。その脇に、長さ一尺半ほどの丸太が転がっている。

そして出入り口からは分からなかったが、近づいてみると箱や丸太の向こう側に刀が置かれているのが見えた。脇差《わきざし》ではない。二本差しの武士が腰につけている大小のうちの、大の方である。

三つの箱と丸太、そして刀と、それらが載った台。蔵の一階にあるのはそれで終わりだ。

「ふうむ」

振り返ると与吉が戸口の横から顔だけを覗《のぞ》かせ、こちらの様子を窺《うかが》っていた。箱を開けてもいいか訊こうとしたが、その前に二階を見ておこうと思い立ち、藤七は梯子段へと向かった。

二階には何もなかった。与吉によって掃除された床板が広がっているだけだ。がっかりしながら梯子段を下りると、いつの間にか与吉が蔵の中に入っていて、奥にある台のそばに立っていた。

「どうだい、初めて入った蔵の中は」

「まいったね」

藤七は苦笑いを浮かべながら与吉へと歩み寄った。

「お宝が眠っているとまでは言わないけど、それなりに凄《すご》い物が隠されているんじゃないかと考えていたんだ。まさかほとんど空っぽだったとは」

まだすべてを見たわけではないが、と思いながら藤七は台の上の三つの箱を見た。

「これ、開けてもいいかい」

「構わないよ」

与吉の許しが出たので、藤七はまず一番大きな箱へと手を伸ばした。

中には大工が使うような道具が入っていた。玄翁《げんのう》と鋸《のこぎり》が一つずつ、そしてたくさんの鑿《のみ》といくつかの鉋《かんな》だ。板に通した棒の先に刃がついた、どう使うのか藤七には分からない道具もある。

「大工さんの道具箱かな。だけど普請場に持っていくにしては道具の数が少ない気がする。大工さんじゃない人が、家の壊れた所をちょっと修繕《しゅうぜん》するために持っていた物かもしれないな」

そのわりにはやたらと鑿の数が多い。刃先がかなり細い物も含まれている。それに鉋も藤七が知っているようなよく見る台鉋《だいがんな》より小さく、形も妙だった。

「ううむ、分からないや。とりあえず次だ」

藤七は隣に置かれている箱を開けた。こちらには煙草《たばこ》入れと印籠《いんろう》が収められていた。それともう一つ、布に包まれている物もある。

「伯父さんが使っていた物かな。ああ、違うみたいだ」

布を開くと簪《かんざし》が出てきた。平打ちの銀簪のようだ。こんな物を仁兵衛が着けていたら怖い。

「伯母さんのかい？」

藤七の伯母、つまり与吉の母親は十年前に病で亡くなっている。子供は与吉だけで、娘はいない。そうなると当然この簪は伯母の物になると思って藤七は訊《たず》ねてみたのだが、与吉は首を横に振った。

「ここにあるのはすべて、この蔵を手に入れてからずっと置かれているんだ」

黒松屋を開いた時から、ということになる。仁兵衛が女房を得たのは旅籠屋の主になった後のことだ。そうなると仁兵衛が上方にいた時の持ち物ということになる。

強面《こわもて》でいつもむすっとした顔をしていた伯父だったが、案外と若い頃は上方で浮き名を流していたのかもしれない。この簪はその時に出会った娘の物で、伯父が越ヶ谷宿に戻ることになって涙ながらに別れる際に……いや、まさかな。

藤七は頭に思い描きかけたくだらない妄想を振り払い、最後に残った底の浅い箱の蓋《ふた》を外した。

「これは、何かの書き付けかな」

入っていたのは紙が一枚だけだった。そこに何やら文字が記されている。

蔵の奥の方は薄暗いので、藤七は箱ごと持って出入り口の方へ動いた。

「ええと、『鉄砲町《てつぽうちよう》　政次郎《まさじろう》』『芝森元町《しばもりもとちよう》　佐治平《さじへい》』『本所長岡町《ほんじよながおかちよう》　菊治《きくじ》』『浅草三間町《さんげんちよう》　徳左《とくざ》……いったいこれは何だろう」

「そりゃ人の名前だろう。その上にあるのは、本所とか浅草とあるから江戸の町名じゃないかな」

「ふうん」

仁兵衛は上方で料理人として働いていた男だ。それがどうして江戸の町名が記された書き付けを持っているのだろうか。

「……町名じゃないのもあるな」

店の屋号で「遠州屋《えんしゆうや》　文助《ぶんすけ》」と記してあるものが一番下にあった。

いずれにしてもよく分からない。藤七は首を傾げながら再び台の前へと戻った。箱の蓋を閉め、その隣にある丸太を手に取ってみる。ずっしりと重かった。

それに表面はざらざらしていない。枝を落として皮を削《そ》いだだけの、ただの丸太とは違うようだ。先ほどは分からなかったが、端の方に穴が穿《うが》ってあるのにも気づいた。

「ううん、これは柱の一部で、穴は横木を通す所かな。違う気もするが……与吉ちゃんはこれらの物が何であるのか、知っているんだよね」

「その丸太みたいなのが何なのかは知らないよ。だが、これらがどんな風に親父の手に渡ってきたのかは聞いている」

「もちろん教えてくれるんだよね」

藤七は丸太のような物を台に戻し、刀へと手を伸ばした。

少しだけ抜いてみたが、刃がきらりと光ったのを見てすぐに鞘《さや》に戻した。手入れが行き届いている。当然それは仁兵衛がしていたに違いない。

鑿の切っ先も錆《さ》びていなかった。煙草《たばこ》入れや簪といった他の物も綺麗《きれい》だ。仁兵衛が黒松屋を始めてから、確か今年で二十七年目である。その間ずっと、これらの物は丁《てい》寧《ねい》に扱われ、大切に仕舞われてきたようだ。

蔵の中身について仁兵衛が「大事な物だ」とだけ答えた時のことを思い出し、藤七は少ししんみりしながら与吉の方へ目を向けた。

「それでは聞かせてもらおうかな。これらがどんな風に伯父さんの手に渡ってきたかってことを」

「教える前にやってほしいことがあるんだよ。頼みっていうのはそのことなんだ。ちょっと面倒臭《めんどうくさ》いが、それをしてくれたら話すから」

「しないと教えないってことかい。ここまで見せといて酷《ひど》い話だな」

「まあ、大した頼みじゃないから安心してくれ。この蔵に一晩泊まってみてほしいんだ。布団を上げるのが大変かもしれないけど」

与吉はちらりと目を上に向けた。二階に布団を敷いて寝ろということだろう。

「そんなことでいいなら、いくらでもやってあげるよ。布団だって年中運んでいるんだ。ここの二階に持っていくのは苦にならない。だから先に教えてもらうのは駄目なのかな。気になるんだけど」

「まずは何も聞かないでここに寝てほしいんだよ。前もって知っていると、心構えとかでいろいろと変わってくるかもしれないから」

「何だかよく分からない話だな」

「それと、その時はこれらの箱の蓋を開けといてもらいたいんだ。書き付けが入っているのは閉めといていいけど、他の二つを」

ますます分からなくなった。だが断るという手はない。伯父への恩返しになることだと与吉は言っていたし、何より「知りたがりの藤七」として、何も教えられずにこれで終わり、なんてことは意地でも避けたい。

「とにかく今夜は、この蔵の二階で寝ればいいんだな。お安い御用だ」

「そ、そうか」

与吉はほっとしたような表情になった。

「さっきも言ったように、この後の旅籠の仕事はこっちですべてやっておくからな。藤七はここで寝る支度をしてくれ。二階は一応、俺が掃《は》いておいたが、布団を敷くのだから拭《ふ》き掃除もした方がいいだろう。それとここには明かりがないから、お客のために置いている有明行灯《ありあけあんどん》を持ってきていいぞ」

「さすがにそれは駄目じゃないかな」

有明行灯とは、寝ている時でも点《つ》けておけるように明るさを変えられる仕組みになっている行灯のことだ。いわば常夜灯である。手提げ行灯に箱蓋がついていて、その側板《がわいた》に穴が空いている。火袋にこの箱蓋を被《かぶ》せれば穴の部分からしか光が漏れないので薄暗くなる、というわけだ。ただの行灯として使う時には、この箱蓋を台にして明かりの位置を高くすることもできる。なかなか使い勝手のいい行灯だ。

「まあさすがに真っ暗では動けないから何らかの明かりは持ってくるけどさ。寝る時には消すよ。油がもったいない」

「いや、いつも寝てるのとは違う場所だぞ。誤って梯子段から落ちてしまうかもしれない。明かりはずっと点けておいた方がいいよ。今夜一晩のことだから、油代は気にするな」

「それなら、確か物置に余っている有明行灯があったはずだ。それを持ってくるよ」

「そうしてくれ。他には……ああ、もちろん火打ち箱も持ってきておかないと。夏だから蚊遣《かや》りもいるな。それに夜中に喉《のど》が渇くかもしれないから、何かの器に水を入れて置いておくべきだ。ええと、それから……」

「なんか、随分と大層《たいそう》な話になっているな」

与吉は元から優しい男ではあるが、ここまでとなると少し不気味だ。

「いつもいる旅籠のすぐそばに建っている蔵で、一晩寝るだけの話なんだ。そんなに気張ることはないよ」

「そうは言うけどな……」

「とにかく与吉ちゃんはもう仕事に戻っていいよ。もたもたしていると、お客を他の旅籠に取られちまう」

藤七は与吉の背中を押すようにして蔵から出た。

「あ、ああ。それじゃあ、今夜は頼むよ」

与吉はどこか不安げな顔つきで蔵全体をひとしきり眺め回してから、藤七に鍵を渡して旅籠へ戻っていった。

後に残った藤七は「なんだろうなぁ……」と首を傾げながら振り返り、戸口から蔵の中をもう一度覗いた。それから内側の格子戸を閉め、拭き掃除のための手桶《ておけ》や雑巾《ぞうきん》を取りに旅籠の方へ歩き出した。

二

掃除をし、布団や行灯などを運び込んだ後は寝るまですることがなかった。結局、藤七はいつも通りに旅籠の仕事をこなしてから蔵へと戻ってきた。

当然だが蔵の中は真っ暗だ。しかし分かっていたことなので、あらかじめ戸口のすぐそばに火打ち箱と有明行灯を置いておいた。

藤七は手際よく明かりを点け、蔵の中を見回した。夕方に見た時と何ら変わりはなかった。台の上に載せられている物もそのままだ。

——ええと、蓋を開けておくんだったよな。

藤七は台に近づくと、鑿や鉋が入っている一番大きな箱の蓋を取った。もちろんこちらの中身も夕方に見た時と同じである。

続けて煙草入れや簪などが入っていた小さめの箱の蓋を無造作に外した。やはり何かが減っているとか増えているなどということはなく、そのままだ。

あとは二階に上がって寝るだけである。しかし……。

——どうしてこんなことをさせるのかね、与吉ちゃんは。

仁兵衛の大事な物が収められている蔵だから、初めは泥棒避けのためにここで寝るのかと考えた。だが、それだと藤七が泊まるのが今夜一晩だけというのはおかしい。それに三十年近く何事もなかったのだし、二重の戸のそれぞれに錠前もついている。だから泥棒避けのため、というのは違うようだ。

仁兵衛が亡くなったので、これからは黒松屋で使う道具などもこの蔵に入れるつもりで、その前に様子を見るために……いや、これも違う。わざわざここに泊まる必要などないし、それがどうして仁兵衛への恩返しになることなのかも分からない。

――難しいな。

どうせ明日には与吉が教えてくれるのだ。余計なことに頭を使わず、さっさと寝てしまおう。藤七はそう考えて梯子段へと近づいた。

――ううむ。

しかし二階へ上がる前に、藤七はまた悩み始めた。戸を閉めるべきかどうか、である。夏なので外側の板戸は開けて、内側の格子戸だけ閉めようと蔵に入る前は思っていた。夕方に与吉と来た時にはかなりの蒸し暑さを感じたからだ。しかし今は、さほどではない。むしろ外より涼しいくらいだった。

拭き掃除をした時に、蔵にある窓はすべて開け放って、今もそのままにしてある。しかし出入り口の戸と一階の窓は閉めてしまってもよさそうだ。二階の窓だけ開けておけば暑さは凌《しの》げる。

藤七は板戸と格子戸の両方を閉めた。夜なのでなるべく静かにと思ったが、どうしてもがたがたと音が出てしまう。少し悪態をついた。

続けて一階の窓もすべて閉じた。これで後は寝るだけである。藤七は中の火皿を揺らさないよう気をつけながら、有明行灯を手に梯子段を上がった。

布団を敷いたのは二階の奥の隅で、梯子段からは離れた場所だった。危ないから明かりをずっと点けておいた方がいいと与吉は言ったが、どんなに寝ぼけてもさすがにここから梯子段を転げ落ちるようなことはないだろうと考え、藤七は行灯の火を消した。

真っ暗になった。蔵まで歩いてきた時には月が出ていて明るかったが、いつの間にか雲に隠れてしまったらしい。

藤七は布団の上にごろりと横になった。どこかの飯盛旅籠から聞こえてくるのか、人の声が耳に入ってくる。何を言っているのかは聞き取れないが、男が喋っているようだ。泣いているような感じもする。きっと泣き上戸の客がいるのだろう。

飯盛旅籠が建ち並んでいる方角に背を向けるように、藤七はごろりと寝返りを打って目を閉じた。

――うん？

すぐにまた目を開けた。男の声が、下側になった方の耳に聞こえたからだ。

体を起こし、耳を澄まして声の出所を探った。案外と近い気がした。蔵のすぐ近く、それどころか下手をしたら中から……。

藤七は体を少しずらし、布団の横の床板に耳をつけた。

聞こえる。明らかにこの下で男が喋っている。言っている内容は分からないが、許しを請《こ》うような口調だ。

――いや、おかしいだろ……。

藤七がいるのは二階の一番奥の隅である。声がしているのは多分その真下で、仁兵衛が残した物が置かれている台の辺りだ。もしそこに男がいるなら、どうやってそこまで行ったのか。この蔵の戸は建て付けが悪く、しかもそれが二重になっている。動かしたら必ず音が鳴るはずだ。誰かが外から入ったなら、藤七は間違いなく気づく。それに足音もしなかったし……と思っていると、梯子段が、ぎっ、と軋《きし》んだ。下の方の段だ。

しばらく間を置いて、恐らくその次の段の踏板が軋む音がした。少ししてからまた次の段が、ぎっ、と鳴る。

ここまで来ると疑いようがなかった。何者かがゆっくりと梯子段を上がってくるのだ。

男のぼそぼそとした声は相変わらず真下から聞こえてくる。だから足音の主は喋っている者とは別人だ。声が謝っている相手だろうか。それなら男はもう少し大きく声を張ってもいいと思うが、それはともかく、この蔵には今、藤七の他に少なくとも二人いることになる。

——いやだから、それはおかしいだろ。

ほとんど物が置かれていないこの蔵に人が隠れる場所などない。あえて言うなら台の陰だが、箱の蓋を開けるために藤七はそこに近づいている。人などいなかった。その後ですぐに戸口に戻って二重の戸を閉め、一階の窓もすべて閉めてから二階に上がっている。どう考えても何者かが入り込む隙《すき》などなかった。

藤七は床から耳を離した。体を起こし、目を梯子段の方へと向ける。考えている間にも足音は少しずつ梯子段を上がっていた。軋んでいる踏板の場所からすると次の段か、あるいはその次か、いずれにしろもう間もなく足音の主の姿が現れる。

もっともそれは、明かりがあれば、の話である。今ここは真っ暗闇だ。だから藤七の目にはそれが……。

見えた。二階に上がってきたのは女だった。

光っているわけではない。それなら女の周りの床や、床の上に少し出ている梯子段の側板がぼんやり見えてもよさそうなものであるが、それはない。頭の先からゆっくりと姿を現してくる女だけがくっきりと見える。

その女の首には縄が巻かれていた。首を吊《つ》って死んだのだ、と藤七は思った。これはこの世のものではない。

　女の目はまっすぐに藤七を見据《みす》えていた。つまり女の側からも藤七が見えているということだ。

　まだ若そうである。年の頃は十六か十七、あるいは十八か十九、もしかしたら二十くらい……。

　恐怖で藤七の頭はうまく働かなかった。

　軋み音を立てながら、女がまた一段上がった。もう腰の辺りまで見えている。

　藤七は足を動かし、尻を擦《す》りながら後ろへと下がった。しかしすぐに背中が壁に当たってしまった。これより後ろに逃げ場はない。

　ぎっ、ぎっ、と音を立てて女が梯子段を上がった。少し動きが速くなっている。梯子段の残りは多分あと一段だろう。

　藤七は膝《ひざ》を立て、床についていた尻を浮かせた。女がこちらに向かってきたら素早く立ち上がり、うまく回り込んで梯子段まで一気に駆けるつもりだった。一階にも謎の男がいるが、こちらはずっと同じ場所にいるようだ。建て付けの悪い二重の戸がすんなり開いてくれるかは不安だが、男に、そしてもちろんあの女にも追いつかれる前に、外へ逃げ出すことができるだろう。

女の動きが速まっているのが嫌だが、それでもまだ遅いので心配はいらない。自分と梯子段とのちょうど真ん中辺りまで来た時に立ち上がれば十分だろう。

女が最後の一段を上がり、暗くて見えない床に足を踏み下ろした。それと同時に、とたたたた、と藤七の方へ小走りで向かってきた。

——ええええっ。

いきなり駆け出すなんて卑怯《ひきょう》だ。藤七は不意を突かれ、浮かせていた尻をまた床についてしまった。背中どころか、頭まで壁に打ちつける。

痛い、などと思う暇はなかった。女はもう藤七のすぐ目の前にいる。

藤七に覆《おお》い被さるようにして女は顔を近づけてきた。そして耳元で「返して」と囁《ささや》いた。

覚えているのはそこまでだった。

三

がたがたと戸を開ける音で藤七は目を覚ました。

「藤七、起きているかい」

与吉の声が耳に届く。

藤七は、がばっと体を起こした。辺りをきょろきょろと見回す。ここは蔵の二階だ。窓から白い光が差し込んでいる。夜明けのようだ。

あの女の姿はない。ふうっと安堵《あんど》の息を吐いていると、与吉が梯子段を上がってきた。

「何でそんな壁際《かべぎわ》にいるんだい。まさか布団からはみ出して、そんな所で目覚めたわけじゃあるまいな」

「あ……いや」

答えながら藤七は頭をさすった。瘤《こぶ》のようなものはなかったが、少し痛みを感じた。残念ながら昨夜のあの出来事は夢ではなさそうだ。女に囁かれたところで、そのまま気を失ったらしい。

「……与吉ちゃん。妙なことを訊くけどさ、下に誰かいなかったかな」

「蔵の一階にってことかい。いや、誰も」

与吉は訝《いぶか》しげな顔で首を振った。

「戸が少し開いていたとか」

「ちゃんと閉まっていたよ」

「箱とかが置かれた台の辺りは昨日と同じだったかい」

「言った通り蓋は開けてくれたようだな。もう十分だから俺が閉めておいた。他は別に変わっていないんじゃないか」

「そ、そうか……」

まず間違いなく昨夜のあれは幽霊だと思う。だから何者かが蔵に入った様子がないことに不思議はないが、できれば何らかの跡が残っていてほしかった。幽霊が出た、なんてことを言っても、これでは信じてくれないのではないだろうか……。

ところが、そんな藤七の心配は、次の与吉の言葉であっさり消えた。

「あのさ、藤七。俺の方もお前に妙なことを訊くけど……ゆうべは何もなかったかい。例えばだけど、物音がしたとか、足音が聞こえたとか」

「……うん？」

藤七は与吉の顔をまじまじと見た。

「与吉ちゃん、それって……幽霊とか、そういう類《たぐい》の話かい」

「あ、ああ。まあ、そういうことだ」

「つまり与吉ちゃんは、初めからこの蔵には、その手のものが出るかもしれないと思っていたわけか」

それなら話が通じそうだ。藤七はほっとした。それと同時に怒りもこみ上げてきた。

「与吉ちゃん、それは酷いんじゃないかい。何も告げずに幽霊が出る蔵へ人を放り込むなんてさ。お蔭でこっちは恐ろしい目に遭《あ》っちまった」

「それはすまなかった。謝るよ。申しわけない」

与吉は深々と頭を下げた。

「俺も半信半疑だったんだよ。だから試しに泊まってもらったんだ。だけど昨日も言ったように、前もって変なことを吹き込むと怖がってしまい、ありもしない音や声を聞く、なんてこともあると思って何も教えなかった。しかし驚いたな。まさか本当に幽霊が出るとは」

「ああ、出たよ。若い女だった。年の頃は十六から二十くらい」

「少し幅が広い気がするが」

「じっくり見る余裕なんてないからね。で、その女が梯子段をゆっくりと上がってきて、二階に着いた途端に小走りでこっちへ……」

その時のことを思い出してしまい、藤七は身震いした。

「……他にも、下に男がいたようだ。誰かに向かって涙ながらに謝っていたような気がする。だけど、それよりも女だよ。あまりにも怖くて、恥ずかしい話だが気を失っちまった」

「無理もないよ。本当に申しわけなかった」

与吉はまた頭を下げた。

「もういいけどさ……」

二度も謝られたことで与吉に対する怒りは消えた。それよりも昨夜現れた幽霊はどういう者たちなのか、そいつらと一階の台の上の道具類に関わりはあるのか、その道具類が仁兵衛の手にどのように渡ったのか、などの方が今は気になる。

「約束通りここに泊まったんだから、すべてを詳《くわ》しく教えてくれよ」

「当然そうするつもりだ。実はその後で、また藤七に頼みたいことがあるからね。しかしその前に……」

与吉は窓の方を見た。もう夜はすっかり明けている。

決して多くはないが、黒松屋に数人の客が宿泊していることを藤七は思い出した。

「そうか、まずは仕事をしっかりやらないといけないな」

客の朝飯はとうに梅造が作り始めているだろう。それを出したり、布団を片付けたり、出立《しゅったつ》を見送ったりと、朝の旅籠は忙しいのだ。

「手が空いたら話を聞かせてもらうよ」

藤七は立ち上がって梯子段の方へ歩きかけたが、途中でその足を止めた。

先に下りるのは嫌だ。一階に何かが潜んでいるかもしれない。しかし与吉に前に行ってもらうのも考えものだ。梯子段を下りる時に背後が怖い。

さてどうするべきだろうか、と藤七が悩んでいると、その横をすり抜けて与吉がさっさと梯子段を下りていった。藤七は後ろを気にしながら、慌ててその後を追った。


客たちを見送った後、片付けや掃除は梅造や下働きの女中たちに任せ、藤七と与吉は再び蔵へと戻ってきた。

奥にある台のそばに立つと、藤七は口を開いた。

「そ、それじゃ、詳しく話してもらおうかな」

もう外はすっかり明るくなっているし、戸口や窓をすべて開け放っているので、怖さはかなり和らいでいる。しかしそれでも周囲が気になってしまい、藤七は落ち着きのない目を蔵のあちこちに向けた。

「う、うむ。それでは」

藤七の緊張が移ったのか、与吉もきょろきょろと周りを見回しながら話し始めた。

「俺の親父であり、お前の伯父である黒松屋の先代の主の仁兵衛は、若い頃に上方で料理の修業をしていた。そのことは当然、藤七も知っているはずだが……」

「もちろんだ。修業を終えた後は上方に留まって大きな料理茶屋で働いた。そこで腕を磨きつつ金を貯め、この越ヶ谷宿に戻って黒松屋を開いた。そのあたりの話は伯父さんから聞いているよ」

仁兵衛は無口な男で、とりわけ己のことを話すのを嫌っていたので、なかなか喋ってくれなかった。しかしそこは「知りたがりの藤七」の意地で、長い時をかけて少しずつ聞き出したのである。

「いやあ、伯父さんの口を開かせるのは大変だったよ」

「そうだろうな」

与吉は、うんうんと何度も頷いた。

「お前のその苦労を水の泡にするみたいで悪いんだが、実はそれ……嘘なんだ」

「はあ？」

わずかに残っていた怖さがすっかり吹き飛んだ。藤七は周囲にさまよわせていた目をまっすぐに与吉へと向けた。

「う、嘘って……どのあたりが」

「親父は上方に行ってないし、料理の修業もしていない」

　ほぼ全部である。

「そ、そんな……」

　藤七は口をあんぐりと開けた。どんなにこちらが知りたがり、聞きたがっても、相手に嘘をつかれては元も子もない。信じていた世界が足下から崩れていくような、不安な気持ちになった。

「ま、まさか黒松屋を開いたというのも嘘なんじゃ……」

「だったらお前は今どこで働いてるんだよ。それは本当だから落ち着け」

「そ、そうか」

　それなら少しは安心……とはならない。

「うちの旅籠は料理の味が売りの一つだったんだけど、さすがにお客にまで嘘をつくっていうのは……」

「お客が実際に自分の舌で味わって、美味いと感じてくださったから評判になったんだ。だから構わない……なんてことは言わないよ。親父自身はお客の前には滅多《めった》に姿を出さなかったし、出たとしても嘘を告げることはしていないだろう。しかし、それを知らなかった俺や藤七、女中たちは、お客に料理を褒《ほ》められた時に『うちの主は若い頃に上方で……』などと喋ってしまっているからな。その辺りはこれから、『あれは勘違いでした』みたいな感じで言い直していこう。もっともそれができるのは常連客に限られることだが、まあ今となっては仕方がない」

「う、うむ……」

そうするしかなさそうだ。たまたまふらりとこの黒松屋に来てくださったお客様、申しわけありませんでした、と藤七は心の中で謝った。

「……ちょっと待てよ。そうすると与吉ちゃんも騙《だま》されていたってことかい」

「まだ子供の頃に、親父の若い頃のことを聞かせてくれとせがんだことがあってね。その時に親父がしたのが、やはり上方云々《うんぬん》の話だった。ずっと信じてたよ」

「そのわりには落ち着いているな」

「俺が本当のことを聞いたのは、この蔵の鍵を受け取った時だ。親父が死ぬ少し前だな。さすがにその時は俺も呆然《ぼうぜん》として、二、三日は仕事が手につかなかった。だが、今はそれからしばらく経《た》っているからな」

「ふうん」

うろたえている自分がおかしいのかと思ったが、与吉も同じだったようだ。いや、仁兵衛の実の息子なのだから、きっと真実を知った時は自分よりはるかに動揺したに違いない。

「……なんか、与吉ちゃんのお蔭でこっちも落ち着いてきたよ」

「そいつはよかった。ならば話の続きをするぞ。親父はこの越ヶ谷宿の人間で、若い頃にいったんこの土地を離れたが、三十過ぎに再び戻ってきて黒松屋を始めた。そこに嘘はない。しかし他所《よそ》にいた間のことを偽っていた」

上方で料理人をしていたわけではない。それではどこで、何をしていたのか。

「そのあたりの話を、鍵を渡された時に伯父さんから聞いたのかい」

「ああ。親父は江戸にいたそうだ」

「なるほど、だから江戸の町名が記してあったのか」

藤七は台の上にある底の浅い箱の蓋を開け、改めて中に入っている書き付けを見た。町名の後ろに、何人かの男の名がある。

「……まさか伯父さんは、名前を偽ってあちこちを転々としていたんじゃなかろうな」

「確かに若い頃は仁兵衛ではなく、桑次郎《くわじろう》と名乗っていたそうだ。だけど、それを何度も変えるようなことはしていないよ。そこにあるのは、親父が江戸にいた時に仕事で関わった人の名だと言っていた」

「それならよかった」

実は仁兵衛は江戸で悪事に手を染めていたのではないか、という考えが頭に浮かんでいたが、どうやら違ったようだ。

「真っ当な仕事をしていたみたいで安心したよ。記されているのは、お得意様の名前なのかな。伯父さん、江戸では何の商売をしていたんだい」

「うん、それなんだけどさ」

与吉は台の上に載せられている物を見ながら顔をしかめた。

「驚かないで聞いてもらいたいのだが……」

「ちょっと待った」

藤七は広げた手を前に出して与吉を止めた。首や腕を二、三度ぐるぐると回し、それから息を大きく吸って、ゆっくりと吐き出した。

「よし、これで平気だ。何を聞いても驚かないぞ」

「それなら言うよ。親父は江戸で、借金の取り立て屋をやっていたらしい」

「ええっ」

それは真っ当な仕事……なのだろうか。

「やっぱり驚いたか」

「い、いや、びっくりしただけだ。魂消《たまげ》たって言ってもいいかな」

「どれも同じだよ。まあ俺も聞いた時には藤七と似たような感じだったから、気にすることはないさ。親父はね、江戸では初め、振り売りとか日雇いの人足仕事などをしていたらしい。だけどある時、近所に住む金貸しのじいさんから、借金の取り立ての際の用心棒を頼まれたそうなんだ。じいさんの後ろで相手を睨《にら》みつけるだけの仕事だったようだが」

「……似合うな」

仁兵衛は体も大きかったし、何より顔が怖かった。目が合っただけで思わず謝りたくなってしまう顔だ。

「そんなことを何度か繰り返すうちに、じいさんに代わって親父が一人で取り立てに行くようになった。これがうまくいったようだ。のらりくらりと言いわけして返済を渋っていた連中も、親父が行くとすんなり、とは言わないが、少しずつでも金を返すようになったそうなんだよ。すると今度は、そのじいさんだけではなく、他の金貸しからも頼まれ始め、気がつくともっぱら借金の取り立てばかりをするようになっていたという」

無理もない。どれくらいの割合で礼金を貰っていたか分からないが、振り売りや人足仕事などをするよりは儲《もう》かるだろう。

藤七は蔵の窓に歩み寄って外を覗いた。畑の先に板塀があり、その向こうに赤松、そして黒松屋の建物が見える。

仁兵衛がそれらを買ったのは三十過ぎくらいの時だ。上方で働いていたという話を今まで疑ったことがなかったが、よく考えてみるとおかしいと分かる。雇われの若い料理人が短い間にそれだけの金を貯めるのは難しいからだ。

「……取り立て屋をやって稼いだ金で手に入れた旅籠か」

これなら納得できる。だが、それでも……。

「かなりの数をこなさないと駄目なんじゃないかな。それに一人一人からきっちり銭を取るために、相当厳しい取り立てをしないと……」

「ああ、俺もそう思うよ」

与吉は苦々しい顔つきで頷いた。

「その頃の親父は、周りから『すっぽんの桑次郎』と呼ばれていたらしい」

「すっ……ううむ」

あまり格好がいいとは言えないが、その呼び名の意味は分かる。食らいついたら放さず、必ず借金を返済させるということだ。

「それで、この台の上にある物のことなんだが、これらについては、親父は詳しい話をしてくれなかった。ただ『借金の形《かた》みたいな物だ』と言っただけだ」

「へえ」

藤七は再び台のそばに戻った。書き付けが入っている浅い箱の蓋はもう開けてあるが、残りの二つの箱の蓋も外して、載せられている物をじろじろと見回した。

つまりこれらは、借金の取り立て屋をしていた仁兵衛が、金の代わりに巻き上げた物ということだ。それなら書き付けに記されているのは、巻き上げられてしまった者たちの名に違いない。

「親父は『俺が死んだら蔵の中にある物は捨てるなり売るなりして、すべて始末するように』と厳しい顔で俺に告げた。つまりね、自分の死後は手元に残しておくな、というわけだ。だから俺は、親父が死んだ後に近くの古道具屋をこっそりと呼んで、ここにある物を売り払ったんだ」

「ふうん。まったく気づかなかったな」

多分、他の者が旅籠の仕事で忙しい頃合いを見計らったのだろう。

「ところが翌日、その古道具屋は買った物を戻しに来た。『とてもうちでは引き取れません』と言ってね。わけを訊ねたが、あまり詳しくは教えてくれなかったな。『どうもよくないものが憑《つ》いているようで』という具合に言葉を濁していたよ。一刻も早くここから離れたいような様子だった」

あの女を古道具屋も目にしたのだろうか。それに自分は声を聞いただけだったが、それを発していた男の姿までも見てしまったのかもしれない。お気の毒に、と藤七は古道具屋に同情した。

「俺は次に、親父を葬った菩提寺《ぼだいじ》にこれらの物を持っていった。ところがご住職は、やはり『うちでは引き取れません』と首を振ったんだ。ここで供養するよりも、元の持ち主に返した方がいい、と言うんだな。すべてではないが、ほとんどの物に執着だか恐れだか、とにかくそういうよからぬものが憑いているという話だった。それで俺は仕方なく持ち帰ってきて、再びこの蔵に戻したというわけだ」

「なるほど」

与吉が昨日、事情があって二度ほど中の物を出している、と言っていたのは、そういうことだったようだ。

「ご住職の言った、『すべてではないが、ほとんどの物に』というのが気になるな」

数から考えると、あの女や声の主の男の他にも出てくるかもしれない。

「まあ、確かにそうだな。ここまでの話で、他に藤七が気になったところはあるかい」

「この蔵に置かれているのは、取り立て屋をやっていた伯父さんが借金の形として巻き上げた物、ということらしいが、それがここにあるのは少しおかしいんじゃないかな」

「どういうことだい」

与吉は首を傾げた。

「借金の形っていうのは、返せなかった金の代わりになる物だろう。それが欲しかった物なら金貸しも売らずに手元に残すということがあるかもしれないが、たいていは金に換えてしまうんじゃないかな。ましてや伯父さんは、その金貸しに雇われていただけの取り立て屋だ。なおさら借金の形が伯父さんの手元に残っているのは妙だと思うんだ」

それに……と藤七はがらんとしている蔵の中を見回した。いくらでも他の物を置ける場所があるのに、この蔵に収められているのは台の上の、仁兵衛が言うところの「借金の形みたいな物」だけだ。

仁兵衛は、他の者がここへ入ることを拒んでいた。あの女や声の主の男など、何やら妙なものが取り憑いていることを知っていたからではないか。

「さっさと捨てたり売ったりしなかったのはなぜだろう。祟《たた》りのようなものが怖かった、なんてことも考えられるけど、懸命に探せば、引き取ってくれるお寺や古道具屋もどこかにあったんじゃないかな。でも伯父さんはそうせずに、ずっと手元に置いていた」

刀や鑿などの刃の様子を見れば、仁兵衛がこれらの物を丁重に扱っていたのが分かる。黒松屋を開いてからでも二十六年が経つし、手に入れたのはもっと前だろうから、三十年前後かそれ以上もの長い間、仁兵衛は大事に持ち続けていたことになる。

「伯父さんにとって、この台の上の物は何だったのか。取り立て屋としての伯父さんはどういう感じで、その仕事振りはどうだったのか。いろいろと気になるな」

「そうだろう。藤七なら知りたいと思うよな」

「まあね」

「今朝《けさ》もちょっと言ったが、そんなお前にまた頼みがあるんだ」

「聞かなくても分かるよ。お寺のご住職が言った、『元の持ち主に返した方がいい』ってやつをやってほしいんだろう」

「勘がいいな。それで、藤七に江戸へ行ってもらいたいのだが」

「ううん……」

かなり難しい話である。書き付けにある場所を巡って、名が記されている人物を探すことになる。かなりの時が経っているから、引っ越した人もいるだろうし、中には亡くなっている者もいるかもしれない。

いや、そもそも幽霊として出ているのだから、ほぼ間違いなく故人が交ざっている。もし親戚など縁のある人を探さねばならないとしたら、さらに大変になる。

しかも、それ以上に困ったことがある。

「……ここの物を江戸へ持っていくわけにはいかないんじゃないか。幽霊が取り憑いているんだから」

旅籠などに泊まることになるが、そこで昨夜の女などが出てきたら大騒ぎだ。もちろん自分だって怖い。

「うん、まあ、それは多分、心配ないと思うんだよな。藤七は気づかなかったようだが、実はここに御札が貼《は》ってあるんだ」

与吉は箱の蓋の裏側を藤七に見せた。

「うわっ、本当だ」

「お寺のご住職がくれたんだ。蓋に貼るのと、刀につける御札を。刀の方は、それを仕舞《しま》えるような袋を作って、それにくっつけてある。昨夜は何が起こるか確かめるために、その袋から出しておいたんだ」

そして蓋も開けさせた。酷い話だ。

「丸太みたいな木の棒については、ご住職は何も言わなかったからそのままだけどな。まあそんなわけで、江戸に持っていっても平気だろうと、俺はそう願っているわけだが」

あまり自信のなさそうな口ぶりである。

「……どうだろうか、藤七。どうしても嫌だと言うなら無理強《じ》いはしないが」

「うん……」

仁兵衛は、自分の死後は蔵の中の物を始末するようにと言い残した。世話になった伯父が望んだことなのだから、そうなるように動くべきだ。しかし与吉は黒松屋の主だし、継いだばかりで何かと忙しい。梅造は年で、歩き回るのは大変だ。だから、それができるのは自分しかいない。

それに江戸での仁兵衛は、本当に「すっぽんの桑次郎」と呼ばれるほどの厳しい取り立てをし、化けて出られるほどの恨《うら》みを持たれるような人物だったのか。正直、信じたくない思いが藤七にはある。確かに仁兵衛はおっかない人だったが、自分にとっては恩人なのだ。そのあたりの真実も知りたいと思っている。

「……仇討《あだう》ちを成し遂げた人たちの中には、相手を見つけるまでに何年、いや何十年と旅をした者もいるという」

「おいおい藤七、いきなりどうしたんだ」

「意気込みを語っただけだよ。伯父さんへの恩返しになることだからね。たとえ何年かかろうと、必ずこの書き付けにある人物を、もし亡くなっていたらその縁者を捜《さが》し出してみせるよ」

「そうか、江戸へ行ってくれるか。それは助かる……けど、そんなに長い間は無理だぞ。当然、江戸での逗留《とうりゅう》にかかる金はこちらで用意するが、それほどは出せないから。泊まる場所にもよるが、せいぜい五日、節約しても七日かな。こちらも心配だから、それくらいで帰ってきてくれ」

「ううん、そうか。それなら七日目に戻るよ。ちょっと短いけど仕方がない」

そもそも越ヶ谷宿から江戸までは、さほど離れていないのだ。足が棒のようになるが、夜明けとともに出立して江戸で書き付けにある人物を捜し、夜遅くに戻ってくる、というのを繰り返すことも、その気になればできないわけではない。たとえ短い間でも江戸に留まり、腰を据《す》えて捜せるのはありがたいのである。

「だけどそれだと、今回だけですべての物を始末するのは無理かもしれない」

「ああ、それについては考えていることがある。できる限り元の持ち主を見つけてほしいんだが、どうしても駄目だったら、とある店へ行ってもらいたいんだ。ここの物を売ろうとした古道具屋がいただろう。結局その人は戻しに来てしまったわけだが、帰り際に教えてくれたんだよ。なんでも、江戸には幽霊が憑いているような物でも平気で引き取ってくれる古道具屋があるそうなんだ。『かいじんどう』というらしい」

与吉は懐《ふところ》から二つに折られた紙を出すと、開いて藤七に見せた。「皆塵堂」という文字が記されている。古道具屋らしい屋号だと言えなくはないが、あまりそこで買いたいとは思わなかった。

「元の持ち主が見つからなかった物は、この店へ持っていってくれ。ただ困ったことに、江戸のどこにあるのかはその人も知らなかった。だからやはり捜さないといけないんだが」

「うむ、分かった」

やるべきことは決まった。まず、この蔵にある物を担《かつ》いで江戸へ行き、逗留する宿を決める。多分それで初日は終わるだろう。二日目からは書き付けにある町を巡り、元の持ち主を捜す。もちろん同時に、皆塵堂という古道具屋のことも訊いて回らなければならない。

そうしながら江戸にいた頃の仁兵衛の様子も調べようとも思っている。当時の仁兵衛を知っていた人物、例えば雇い主だった金貸しなどを見つけて話を聞きたい。そしてもし元の持ち主が見つからない物が残っていたら、越ヶ谷宿に戻る前にそれを皆塵堂に売り払う。

これを五日から七日でやらなければならない。かなり忙しいし、仁兵衛が江戸にいたのは三十年近く前だから、難しいことでもある。

だが、世話になった伯父への最後の恩返しだ。必ず成し遂げてみせる、と藤七は心に誓った。

四

越ヶ谷宿から江戸の日本橋《にほんばし》までは六里八町である。男の足なら、朝早くに出れば昼頃には着く。藤七の場合は黒松屋で朝の仕事をしたので少し出立が遅くなったが、それでも昼の八つくらいには日本橋に着いて、その辺りの宿を探せるだろう……と考えていた。

しかし、その目論見《もくろみ》は外れた。途中でさまざまな不運が重なったのである。

まずは隣の草加宿《そうかしゅく》でのことだ。せっかくだから他の宿場にある平旅籠がどんな風であるか見ていこうと考えたのがまずかった。とある旅籠を眺めていたら、そこの主に捕まってしまったのだ。まだ旅人が宿を探すには早いのに、妙にじろじろと見ているので怪しいやつだと思ったらしい。

もちろん藤七は、「自分は隣の越ヶ谷宿にある旅籠の者で、用があって江戸に行く途中で……」などと説明した。すると先方は、それならこちらも話を聞きたいから上がって茶でも飲んでいけ、と藤七を半ば無理やり旅籠の中へ招き入れた。

お喋りの好きな主で、なかなか藤七を放してくれなかった。それに藤七の方も知りたがりの癖が出て、いろいろと訊いてしまった。そうして二人は話し込み、ようやく藤七がその旅籠から出られたのは昼近くになってからだった。これについては自分も悪かったと藤七は反省している。

次なる不運は、草加宿と千住宿《せんじゅしゅく》のちょうど真ん中辺りで起こった。藤七が苦手としている蛇が、道を遮《さえぎ》るように横たわっていたのだ。随分と大きな蛇だった。それを跨《また》いで進む度胸は持ち合わせていない。

蛇が平気な旅人が通らないものかと辺りを見回した。だが、こんな時に限って前後にまったく人影が見えない。しばらく待っても誰も来なかった。

仕方なく藤七は、蛇を避けるために道を外れた。そして、横の田んぼに嵌《は》まり込んだ。三つ目の不運である。

だが蛇に比べればそれくらい何ということはない。藤七は近くを流れていた小川で足を洗うと、再び江戸へと急いだ。

四つ目の不運に気づいたのは、千住宿の手前辺りでのことだった。背中の荷物の具合が妙だと感じたのである。黒松屋から出立した時、あるいは話し込んでしまった草加宿の旅籠から離れた時などとは違う気がしたのだ。

袋に入れた刀は手に持っているので、風呂敷に包んで背負っているのは三つの箱と丸太みたいな太い木の棒である。それなりに大きいので、どれも途中で落としたら分かるはずである。

藤七は首を傾げながら道端に荷物を下ろし、風呂敷包みを解いた。驚いたことに箱が二つしかなかった。消えているのは、印籠や簪などが入れられている箱だ。

心当たりはある。小川で足を洗った時だ。当然、その際には荷物は地面に置いた。そして再び背負う前に、念のために風呂敷の中の荷物を確かめた。考えられるのは、その時に箱を一つ置いてきてしまったということだ。

だが、そんな愚かなことをするだろうか。いくらなんでも間抜けすぎる。しかし他に思い当たらないので、藤七は道を引き返した。

小川のほとりで、藤七は自分が愚かで間抜けな人間だと知った。その点は残念だったが、とにかく無事に箱が見つかってよかったと胸を撫《な》で下ろし、再び江戸へと向かった。

五つ目の不運には千住宿で見舞われた。千住大橋の手前で酒に酔った男に絡まれたのだ。別に殴られたとか蹴られたとか、そういう乱暴なことをされたわけではない。藤七につきまとい、いろいろと話しかけてきただけである。しかしそれが一向に要領を得ない話なので、藤七は困ってしまった。

黒松屋の逗留客の中にも、酒が入るとそうなる者がたまにいる。だからその手の酔っ払いの相手をするのに多少は慣れていたつもりだったが、この男は手強《てごわ》かった。結局はなんとか振り切って千住大橋を渡ることができたのだが、かなり手間取った。

もう日は西へと傾いている。初めに考えていたよりだいぶ遅くなった。それでも、まだ明るさが残っているうちに江戸に入れてよかった、とほっとした。

この後は急いで日本橋まで行き、その辺りで安い宿を探して……などと考えながら歩く藤七に次の不運が襲ったのは、浅草の広小路まで来た時だった。

なぜそんなことをしたのか分からない。この先しばらくは隅田川《すみだがわ》に沿ってまっすぐ歩いていくだけでいいのだ。江戸に不案内な藤七もそのくらいは知っていた。それなのに、どういうわけかふらふらと大川橋《おおかわばし》を渡ってしまったのだ。

そこから先のことはよく覚えていない。町屋や寺、大名屋敷と思われる土地がごちゃごちゃと入り組んでいる場所を通り抜けた気がするが、それも定かではなかった。藤七はただ足の向く方向にだらだらと進んでいっただけだ。

「……どこだ、ここは？」

藤七は不意に我に返った。いつの間にか日が沈んでいて、辺りはすっかり暗くなっている。それが、今である。

慌てて周りを見回す。もの寂しい場所だ。右側に田んぼが広がっていて、左手には川が流れている。細いので明らかに隅田川ではない。

「参ったな……」

藤七は肩を落とした。さすがに今日は、日本橋まで行くのは諦《あきら》めるべきだ。浅草でも他の町でも、どこでもいいから早く宿を探した方がいい。

振りかえると、はるか後ろの方に町の灯が見える。どうやら自分はあそこを通り過ぎてここまで来たようだ。面倒だが、あそこまで戻るしかない。

その前に念のため、と藤七は背中の荷物を下ろした。風呂敷包みを解くと、箱が三つと丸太のような木の塊《かたまり》が間違いなくあった。ほっとしながら慎重に包み直す。

次に、他の荷物とは別に手で持ってきた細長い袋も開けて中身を引っ張り出した。知らぬ間に木の棒に変わっていて……などということはなく、こちらも蔵にあった例の刀がしっかりと入っていた。

「よし」

再び荷物を背負い直すと、藤七は町の方へと引き返した。ところが、いくらも進まない所で背後から声をかけられた。

「おい町人、ちょっと待った」

「は、はい？」

ぎくりとしながら振り返ると、先ほど藤七が荷を確かめていた場所のすぐそばの、川辺の草むらががさがさと揺れた。

目を丸くして眺めていると、やがてそこから大柄な男がぬっと姿を現した。腰に長い物を二本差している。

まさかこんな田舎道に武士がいるなんて思わなかった。藤七は腰が抜けそうになった。

「な、なな、何か、ご、御用で、ご、ございましょうか」

「そんなに怖がらなくていい、幽霊に出遭《であ》ったわけではないのだから」

男はそう言いながら近寄ってきた。髭面《ひげづら》だし、月代《さかやき》も伸びてしまっている。旗本や御家人、あるいは江戸詰めの藩士などといった、しっかりとした立場の者ではなさそうだ。多分、浪人者だろう。

「もっとも、幽霊よりまし、と言えるかどうかは分からないが」

藤七の横まで来たところで男は立ち止まった。田んぼ側である。藤七は川を背にする形になった。

「……町人、お前に頼みがある」

「は、はあ。な、何でございましょう」

「お前が持っているその刀……俺に寄こせ」

物取りだ。確かに幽霊と同じくらい出遭いたくない相手だった。

藤七は後ずさった。道の脇の草むらに足を踏み入れる。しかし半間ほど進んだだけで立ち止まらざるを得なくなった。足を踏み外しそうになったのだ。どうやらそこから先は地面が斜めになっているらしい。

その先は川である。ここからさらに後ろに下がったら、斜面をごろごろと転がって水の中に落ちてしまう。

「こ、これは……」

もし元の持ち主が見つからなかったら古道具屋に売り払ってしまう刀だ。それならここで、この男に渡してしまってもいいのではないか、という考えが頭をよぎった。

だが、藤七はすぐにそれを改めた。物取りに与えるという始末の仕方を、亡くなった仁兵衛が喜ぶとは思えなかったからだ。

それに、自分が納得できないと感じた。世話になった仁兵衛に最後の恩返しをした、と堂々と胸を張れない。

「お、お侍様。申しわけありませんが、こ、この刀をお渡しするわけには参りません」

きっぱりと、とまではさすがに無理だったが、藤七は怖がりながらも断った。

「ふむ。こちらは構わんよ。それなら力ずくで奪うだけだ。これまでそうやって何本もの刀を集めてきた。負けたことはただの一度もない」

男は腰の刀に手を添えた。

「お、お待ちください」

藤七は背負っていた荷物を下ろした。刀の入った袋も脇に置き、自分の懐へ手を伸ばす。

何日もかかるような旅ならば、盗まれた時のことを考えて、旅人は金を小分けにして持ち歩く。しかし自分の場合は一日で着く場所だったので、すべて一つの巾着袋《きんちゃくぶくろ》に入れておいたのだ。藤七はそれを抜き出した。

「この刀の代わりに、どうか、これでご勘弁を」

両膝をつき、頭を下げながら差し出す。しかし男は、ふふん、と鼻で笑っただけだった。

「残念ながら俺は、金には興味がない。欲しいのは刀だけだ。それも、何でもいいというわけではない。この俺が持つに相応《ふさわ》しい刀だ」

男は藤七の横に置かれている袋に目を向けた。

「先ほど、そこから出したところを覗かせてもらった。刀そのものは鞘から抜かなかったが、拵《こしら》えだけ見てもいい物だと分かる。それに……なんと言うか、不穏な気配のようなものを俺はその刀から感じた。それはお前のような町人が持っていていい刀ではない。悪いことは言わん、こっちへ寄こせ」

「いえ、何卒《なにとぞ》ご勘弁を」

「ならば力ずくだ」

男の体がすっと低くなった。同時に刀が抜き放たれる。

藤七は額の辺りに風を感じた。どうやら男は藤七を本当に斬るつもりはなく、ただ脅《おど》しのために刀を振ったようだ。しかしその風だけで藤七は仰天し、思わず後ろへ飛び退いてしまった。

もし地面がそのまま続いていたら、尻餅《しりもち》をつくだけで済んだだろう。しかしそこは川へと続く斜面になっている。藤七はぐるぐると後ろへ転がり、水の中にどぼんと落ちた。

もちろんすぐに川から上がろうとする。しかし回りながら落ちたせいで上も下も分からない。必死になってもがいたが、どうしても水から顔を出せなかった。やがて息が続かなくなり、ごぼごぼと大量の水を飲み込んでしまった。

――ついてない一日だったが、最後にとびっきりの不運が来たな。

恩返しができなくなったが、仁兵衛にはあの世で詫《わ》びればいい。それより与吉だ。頼み事が果たせなかった。それに、黒松屋を守り立てていくことも無理になった。

藤七は心の中で与吉に謝った。そうしているうちに、次第に気が遠くなっていった。

五

目を開けると猫の顔があった。

寝ている藤七を横から覗き込んでいたらしい。当然ながら藤七はびっくりし、「うおっ」と言いながら体を起こした。

いきなりそんな動きをすれば、たいていの猫は驚いて逃げてしまうだろう。しかしその、白地に茶色のぶち模様の大柄な猫は違った。つまらなそうに、ふん、と鼻を鳴らしただけだった。

「……ど、どうも」

どうしていいか分からず、藤七は間抜けな挨拶《あいさつ》をした。すると猫はまた、ふん、と鼻を鳴らしてから、くるりとこちらに尻を向け、のっしのっしと歩き出した。そして隣の部屋を抜け、その先にある座敷に着くと、奥にある床の間の上で丸くなった。

——猫のくせに凄い貫禄だな。

まるで、もうお前には興味がない、と言われたみたいだ。藤七は少し寂しい気持ちになりながら、その座敷の障子戸《しょうじど》の方へ目を向けた。

風を入れるためか、わずかに開いている。そこから見える外の光の様子から考えると、今は早朝だろう。川に落ちたのは日が暮れてすぐの頃だったから、随分と長く気を失っていたことになる。

——いや、途中で何度か目覚めているような……。

誰かに背負われて運ばれた覚えがある。布団に寝かされた後で「気分はどうだ」とか「どこから来たのか」などと、いろいろと訊かれ、それに対して面倒だと思いながら答えたことも、ぼんやりとだが頭に残っている。

つまり気を失っていたのは初めのうちで、その後はただ疲れて眠っていただけだったようだ。お蔭で頭がすっきりしている。

それにしても自分は今どこにいるのだろう、と藤七は座敷の反対側を見た。

——ここは何かの店……いや、物置か？

店土間と思われる所に、たくさんの物が乱雑に積まれている。まず目につくのは桶《おけ》の類だ。これがやたらと多い。それから鍋や釜、皿も高く重ねられ、今にも崩れそうである。

壁際には箪笥《たんす》が何棹《さお》か並んでいて、その上に行李《こうり》が置かれている。それはいいが、なぜか包丁や小刀のような物まで載せられ、それが落ちそうになっているのが怖い。

再び目を土間に戻す。壺《つぼ》や水瓶《みずがめ》が、蹴ってしまいそうな邪魔な場所にあった。しかしそれを避けると、今度は下に転がっている煙管《キセル》や煙草入れ、印籠、根付《ねつけ》などの細々とした物を踏みつけてしまうだろう。簪とか毛抜きのような先の尖《とが》っている物まで落ちているので危ない。

やはり物置だな、と藤七は思った。そうに決まっている。何屋だか分からないし、そもそも入ったら最後、無事には出られない店などあるはずがない。

それに藤七がいるのは土間を上がってすぐの板の間だが、もし店ならこの場所は帳場ということになる。それなら結界や文机《ふづくえ》があってもよさそうだが、そんな物は見当たらない。その代わりにあるのは、脚が折れている行灯、火袋が破れた提灯《ちょうちん》、歯がすり減った使い古しの下駄《げた》などだ。土間とこの板の間は物置として使われているとしか思えない。

――しかし物置だとしても、もう少し何とかならないものかね……。

顔をしかめていると、土間の先の戸口に人影が差した。男の子だ。年は十二、三くらいに見える。

その子はいったん中に入りかけたが、藤七が体を起こしているのを見て立ち止まり、にこりと笑った。とても愛嬌《あいきょう》のある笑顔だった。

「ちょっと待ってて」

男の子は藤七に告げると、再び外に出ていった。すぐに「あの人、目が覚めたみたいだよ」という声が聞こえてくる。すると今度は、がっしりした体つきの男や、もっと逞《たくま》しい感じの女、爺《じい》さん婆《ばあ》さん、先ほどの子とは別の男の子など、老若男女がわらわらと戸口の前に集まってきた。

「おお、ちゃんと生きてるな」

「うちの亭主より男前だわ」

「何か芸はしないのかな」

「どうでもいいけど腹が減ったぞ」

藤七を眺めながら口々に好き勝手なことを言い始める。まるで見世物だ。戸惑っていると、人の群れを掻《か》き分けるようにして三十代半ばくらいの日に焼けた顔した男が現れた。

「ほら、困っていなさるじゃねぇか。もう平気みたいだから、辰《たつ》さんとおかみさんは仕事に戻ってくれ。それに婆さん、さっさとうちの朝飯を炊《た》いてくれよ。向かいの店の小僧は通りに水でも打ってろ。それから爺さんは……あれ、どこの爺さんだ。散歩の途中なら続きを始めてくれ。他のご近所さんも、朝は何かと忙しいんだから、どうぞ家に戻ってください」

男の声で人々は散っていった。助かった、と藤七は胸を撫で下ろした。

「暇な人が多いのか、ちょっとでも珍しいものがあるとすぐに見物に集まってきやがる。いやぁ、参ったね」

頭を掻きながら男が戸口から入ってきた。まったく足下を見ていないので、はらはらしながら眺める。しかし男は何も踏みつけずに涼しい顔で土間を通り抜け、藤七のいる板の間に上がってきた。

「で、具合はどうだい」

男は藤七の前に腰を下ろした。

「お蔭様で、すっきりしています」

「それならいいが、もし少しでも不安があるようなら医者を呼んでやるよ。昨日も来てもらった人だ。なんか、二人で喋っていただろう」

「あ、ああ……何となくは覚えているのですが、疲れていたものですから」

いろいろと訊いてきたのは医者だったようだ。面倒臭そうに答えたのはまずかったかもしれない。

「ふうん。まあとにかく、気分が悪いようだったらその医者を呼ぶよ。了玄《りょうげん》先生と言ってね、金のない者から薬代をむしり取るような真似《まね》は決してしない人だから、その手の心配はいらないぜ。とにかく人柄のいい医者なんだよ。世の中にこんな素晴らしい人がいるなんて信じられない、と近所でも評判だ。ただ残念なことに藪《やぶ》で、腕の方も信じられないけど」

「は、はあ……もうどこも悪くないので、どうかお気遣いなく」

気分は爽快《そうかい》で、痛い所もない。これで藪医者に診《み》せられたら堪《たま》らない。

「本人がそう言うなら別に構わないけどさ」

男はそう言うと横を向き、「呼びに行かなくていいぞ」と告げた。

藤七もそちらを見た。いつの間にか土間に男の子が立っていた。最初に戸口に現れた子である。

「なんだよ、ついでに了玄先生の所で菓子でも貰ってこようと思ってたのに」

男の子は苦々しい顔で、ちっ、と舌打ちした。あの愛嬌のある笑顔から、凄《すさ》まじいまでの変わり様である。藤七は心底びっくりした。

「……ああ、そうそう」

前に座っている男が再び喋り始めたので藤七は目を戻した。

「朝飯はもう少し待ってくれ。いつも裏の長屋の婆さんに頼んでいるんだが、今日はこれから米を炊くみたいなんだ」

「そ、そんな。命を助けられた上に、朝飯までいただくなんて」

「大して美味《うま》くもない飯だから遠慮せずに食っていけ。それに溺《おぼ》れているお前さんを水の中から引き上げたのは俺じゃないぞ。どこかのお侍だよ」

「ええっ」

あの時の、物取りの顔が頭に浮かんだ。

「それはもしかして、髭面の……」

「そう、その人だよ。俺は釣《つ》りが好きでね。昨日も釣り竿《ざお》を手に川のほとりをぶらぶら歩いていたんだ。すると何かが水に落ちたような大きな音が聞こえた。その後も、じゃばじゃばと水音が続くんでね。これは大物の魚が跳ねているのか、あるいは河童が遊んでいるのか、そのどちらかだろうと思って行ってみたわけだ。そうしたら、その髭面のお侍がお前さんを川から引き上げているところだった」

「は、はあ。なるほど」

自分はあの物取りに救われたのか。これは感謝……するべきなのだろうか。

「……あ、そういえば、私の荷物は？」

藤七は周りを見回した。少なくとも見える所にはない。

まだ川辺に置いたままなのだろうか、と心配していると、男の子が土間から上がってきた。この板の間の端には奥に続いている廊下の出入り口がある。男の子は足早にそこへと入っていった。

「お前さんの荷物は、裏の蔵に仕舞っておいたんだ」

「左様でございますか。わざわざお運びいただいて申しわけありません。それも私を背負ってのことですから、大変だったのではありませんか」

「いや、確かにお前さんを背負ったのは俺だが、荷物を運んできたのは、例のお侍だ」

「はあ……それは」

やはり感謝するべき……いや、しかし……。

悩んでいると男の子が戻ってきた。風呂敷包みの上に、金の入った巾着袋が載せられている。刀が入った袋は見当たらなかった。

「もちろん何も手をつけていないが、念のために中を確かめてくれ」

「はい、それでは」

藤七はまず巾着袋の中身を調べた。金は一文たりとも減ってはいなかった。

風呂敷包みも解く。三つの箱と丸太のような木の塊がそのままあった。それぞれの箱を開けて中も覗いたが、持ってきた物はすべてそろっていた。

失われている物はない。ただ一つ、刀だけを除いて。

「……私を助けてくれたお侍様は、こちらまで荷物を運んだ後は、どうされたのでしょうか」

「あとは任せたと言って、戸口に荷物を置いたらすぐに帰っていったよ。当たり前のことをしただけだから礼はいらない、と名前も告げずにね」

「刀は何本差していましたか」

「二本差しって言うくらいだから、そりゃ二本だろう。ああ、確か長い方は袋に入っていたな。それだとすぐに抜けないから、何かあったらどうするつもりだろうと思ったが、強そうなお侍だったから脇差だけでも十分なのかな。それに今は泰平の世の中だから、刀を抜くなんてことはそうそうないし」

「そ、そう……でしょうねぇ」

刀を入れていた袋には余裕があった。きっとあの髭面の侍は、そこに自分の刀も一緒に入れて腰に差したのだろう。だから傍目《はため》には二本に見えた。

本人が言っていたように、金など他の物には興味がなく、ただ刀だけが欲しかったのだ。命を取る気もなかったから、藤七を川から助け上げて荷物を運び、狙い通り刀を手に入れて悠々と帰っていった。

——これは感謝……しなくていいな。

藤七はそう結論づけた。

「どうだい、すべてあるかい」

「は……はい。確かに」

この男が実はあの侍の仲間だった、などということはないだろう。こうして自分を家に運び入れ、わざわざ医者まで呼んでくれたのだ。たまたま通りかかった善意の人で間違いあるまい。

それなら、この男には感謝しなければならない。

「ありがとうございました。申し遅れましたが、私は藤七という者です」

「おっと、こっちもまだ名前を告げていなかったな。俺はこの店の主の、伊平次《いへいじ》という者だ。それから、そこにいる小僧は峰吉《みねきち》で、あっちで寝ている猫は鮪助《しびすけ》だ」

「この店の主……ということは、そちらの土間は物置ではなく、店として使っているのでしょうか」

「もちろんそうだ。すべて売り物だよ。ここは深川《ふかがわ》の亀久橋《かめひさばし》の近くにある古道具屋だ。皆塵堂というんだが……」

「か、皆塵堂っ」

藤七は大声を上げた。

元の持ち主が見つからない物があった時に、それを引き取ってもらうつもりだった古道具屋である。あくまでも最後の手段として、越ヶ谷宿に帰る直前に訪れようと考えていた。それがまさか、江戸に来て最初に来ることになるとは……。

「おい、どうした。口をあんぐりと開けたまま動かなくなっちまったが。具合でも悪くなったか。気分はどうだ？」

「は、はあ……何年、いや何十年かかろうとも必ず仇討ちを成し遂げてやるぞ、と意気込んで表に出たら、当の仇《かたき》が家のすぐ前に突っ立っていた時のような気分です」

「……峰吉、やっぱり了玄先生を呼んできてくれ」

「あ、いえ、決して具合が悪いわけではなくて……」

峰吉が素早く土間に下り、転がっている道具類をものともせず戸口へ向かって駆けていく。

「ああっ、ちょっと小僧さん、呼びに行かなくていいから。本当にどこも悪くないんだ。だから医者は……」

間違いなく聞こえているはずだと思うが、峰吉は藤七の声に耳を貸さず、そのまま戸口を抜けて姿を消してしまった。後には藤七の、「医者は、藪医者は……」という呟きだけが虚しく残った。

簪《かんざし》の女

「ふうむ、なるほど。話はよく分かったよ。つまりお前さん……藤七だったか。ええと、藤七はこれから、そこにある道具の元の持ち主たちを捜《さが》さなければならないと、そういうわけだね」

「はい、その通りでございます」

「それについては儂《わし》らもできる限り手伝ってやろうと思う」

「恐れ入ります。しかし私もこの目で見ましたが、どうもこれらの物には、何やらよからぬものが憑《つ》いているようなのでございます。そうなりますと、こちら様に思わぬご迷惑をおかけしてしまうかもしれません」

—

「そのあたりのことは、まったく心配しなくていい。藤七も今の雇い主である与吉という男から聞いたようだが、皆塵堂は幽霊が憑いている物でも平気で引き取る古道具屋なんだよ。だからその手の道具の扱いには慣れている」

「は、はあ」

藤七が喋《しゃべ》っている相手は、清左衛門《せいざえもん》という老人である。皆塵堂を勢いよく出ていった峰吉が、なぜか医者の了玄の代わりに連れてきたのだ。藤七の様子を見て、医者よりこちらの方がいいと思ったそうだ。

清左衛門は鳴海屋《なるみや》という大きな材木問屋の隠居で、この皆塵堂の地主だか大家だか、とにかく伊平次が世話になっている人だという。

藤七は江戸に知り合いがいないし、土地勘もない。十五、六の頃に当時勤めていた万屋の主に連れられて江戸見物をしたことがあったが、訪れたのはそれ以来なのだ。それに、一人旅というのも初めてだった。だから不安を抱いている。黒松屋の蔵にあった物の元の持ち主を捜すにあたって、助力を得られるような人がいればいいのに、と思っていた。

この清左衛門は、少し話しただけで信頼できる人物だと感じられた。それで藤七は思い切って、これまでのいきさつを包み隠さず話したのである。

「それよりも儂は、刀を持ち去ったお侍が気になる。自分が持つのに相応《ふさわ》しい刀を探し求めている、ということらしいな。藤七の話からすると今回が初めてではなく、これまでにも力ずくで何本も刀を奪っているみたいだが……おい伊平次、そんなお侍の話を耳にしたことはあるか」

清左衛門は、ぼうっとした顔で煙草《たばこ》を吸っている伊平次に訊《たず》ねた。

今、三人がいるのは皆塵堂の奥の座敷である。峰吉は一人だけ離れて、藤七が寝かされていた板の間で破れた提灯《ちょうちん》の火袋を直していた。本来は帳場として使うその場所は、壊れた古道具を修繕《しゅうぜん》する作業場になっているようだ。

それから猫の鮪助《しびすけ》も、まだ床の間で丸くなったままだった。

「……聞いたことがありませんねぇ」

煙を吐き出しながら伊平次が答えた。

「今回はともかくとして、これまで刀を奪った相手は多分、お侍だったでしょう。お侍同士のことは、こんな古道具屋の耳にはなかなか入ってきませんって」

「ふむ。材木問屋の仕事で伊平次よりお武家との付き合いがある儂でも知らないのだから仕方がないか。しかし困ったな。恐らくその刀にも何か憑いていると思うんだよ。奪っていったお侍が、そのせいで何かしでかさないか心配だ」

「確かに。それに刀なら、もし元の持ち主が見つからなくて、うちの店で引き取るようになった場合にも扱いが楽でしたしね。こちらの手に余るほどの恐ろしい幽霊が憑いていても、あの御仁にお願いすればいいのだから」

「ああ、宮越《みやこし》先生か。まだ呪《のろ》われているようだな」

「呪われた刀のさらにその上を行く呪いですからね。なかなか消えはしないでしょう。だけど肝心の刀が今はない。それを奪っていったお侍の正体が分からないので動きようもない。だからとりあえずその刀の件は忘れて、先に箱の中身など他の物から……」

「あの、ちょっとすみません」

二人の話に藤七は割って入った。知りたがりの血が騒いだのである。

「どうか刀の話の続きを……と言うか、宮越先生というお方のことを、ぜひ詳《くわ》しく」

それを聞かないで他の話題に移られてしまっては堪《たま》らない。呪われた刀のさらにその上を行く呪い、とは何だ？

「詳しくと言われてもなあ……」

伊平次は煙管《キセル》を煙草盆の灰吹きに叩《たた》きつけながら、「ううん」と唸《うな》った。

「……宮越礼蔵《らいぞう》という名のご浪人さんでね。呪われた刀を持っていたんだよ。持っているだけで人を斬りたくなる刀だ。宮越先生は胆力のあるお方だから我慢していたが、やがてどうしても耐えられなくなり、ある時、一匹の猫に斬りかかってしまった。それがほら、そこにいる鮪助だったんだ」

「へ、へえ」

藤七は膝立《ひざだ》ちになり、床の間で寝ている鮪助の体を眺め回した。目に入る所に傷痕のようなものは見えなかった。

「鮪助はいざとなると動きが素早いんだよ。だけど、それでも後ろ脚を少し斬られたみたいだな。とうにその時の傷は消えて、今では鮪助も、何事もなかったかのように歩いている。ああ、言っておくが宮越先生の腕が悪いんじゃないぞ。かなりの剣の遣《つか》い手だよ。俺が知る限りでは、鮪助をわずかでも傷つけることができた人間は宮越先生だけだ」

「は、はあ」

それだと凄《すご》いのは鮪助ということになりそうだ。確かに大柄で強そうではある。しかし動きが素早いというのは信じられなかった。さっきものっしのっしと歩いていたではないか。

だが、とにかく鮪助に大きな怪我がなくてよかったと思いながら藤七は座り直した。

「宮越先生を責めることはできない。本来はすごく真面目なお方なんだ。高潔とでも言うのかな。鮪助に斬りかかったのは、あくまでも呪いのせいだよ。それも宮越先生だから猫で済んだと言える。並の者なら通りかかった行商人とか、井戸端にいるどこかのかみさんなどに斬りかかっていただろうからな。何しろ、人を斬りたくなる刀だから」

「なるほど。それで、その刀はどうなりましたか」

「鮪助を斬った後で、我に返った宮越先生がこの皆塵堂に売りに来た。もちろん買い取ったが、今度はその頃にうちで働いていた男……太一郎《たいちろう》という名だが、そいつがおかしくなった。その刀を手にしてほんの二、三寸ほど鞘《さや》から引き抜いただけで、人を斬りたくなったらしい。で、多くの人が行き交う通りの様子を思い浮かべながら刀を振るった。でもそこは、うちの狭い廊下なんだよ。太一郎のやつ、壁に足の指をぶつけ、さらに刀の柄《つか》と壁の間に右手の小指を挟んで、痛みでのたうち回ったそうだ」

「へえ。太一郎さんというのは、なんと言うか、間の抜けたお人なんですね」

「ああ、その頃はまだね。今はとんでもない男に変わってるよ。ただし、苦手なものを目の前にすると戻っちまうけど」

太一郎という男のことも詳しく聞きたくなった。しかし刀の話の続きの方が先だ。

「それで、皆塵堂で買い取った呪いの刀はどうなったのでしょうか」

「売れたよ」

「えっ、売ったんですか」

持っているだけで人が斬りたくなる刀を。

「うん、売った。しかも、これは後で分かったんだが……今、俺たちがいるこの場所は、皆塵堂になるずっと前に別の古道具屋だったことがあるんだよ。ところが賊に押し込まれて、主《あるじ》夫婦が殺されてしまった。その時に二人を斬り殺した野郎に売っちまったんだ、太一郎のやつが」

「ああ、やっぱりその太一郎というお人は間が抜けて……ちょ、ちょっと待ってください」

押し込まれて、ということは、この家の中で殺されたに違いない。思わず藤七は周りをきょろきょろと見回してしまった。

さっきから、もっと詳しく知りたいと思う話が次々と出てくる。お蔭《かげ》でどれから訊くべきかさえも分からなくなった。悩んでしまうが、ここはやはり刀の話の続きだろうか。しかし……。

「ええと、とりあえず、主夫婦がどの部屋で殺されたのかだけ、先に教えてもらえませんか」

「それはご隠居に教えてもらえ。もちろん俺も聞いてはいるが、この目で見たわけじゃないからな。ところがご隠居はその頃からここの地主だったから、お役人に呼ばれて死体を見せられたそうなんだ」

「うむ、その通りだ。あまり思い出したくはないが……」

清左衛門は顔をしかめながら、すっ、と人差し指を下に向けた。

「儂らがいる、まさにこの座敷だ」

「えっ」

藤七は驚き、ずずっと壁際《かべぎわ》まで下がった。

「ご主人の幸右衛門《こうえもん》さんもおかみさんも、そこに倒れていたよ」

清左衛門の指が動いた。鮪助が寝ている床の間のすぐ前の辺りを指し示す。自分がいる場所ではなかったので藤七は少しほっとした。

しかし人が殺された部屋にいるのは気分がいいものではない。すぐにでもここから出たいと思った。だが、そこは「知りたがりの藤七」である。話の続きを聞きたいという思いの方が勝《まさ》った。

「そ、それで……何でしたっけ。ああ、そうだ、刀だ。押し込みを働くような野郎の手に、危ない刀が渡ってしまった。その後、どうなりましたか」

「太一郎が囮《おとり》になって、その野郎をおびき出した。そして宮越先生が倒した。その際に相手が持っていた刀……つまり例の人を斬りたくなる呪われた刀だが、これが真っ二つに折れたんだ」

「宮越先生というお方は、相手に勝つと同時に、呪いにも打ち勝ったわけですね。これは面白い話を聞かせていただきました。ああ、いや、殺された人がいるのだから、面白がってはいけませんが」

「まだ話には続きがあるぞ。宮越先生が使っていた刀は俺が貸したやつだったが、それも曲がってしまったんだ。そしてそれ以来、宮越先生が刀を扱うと、必ず折れるか曲がるかして使えなくなった。誰かと戦った場合には、相手の刀も同様にそうなる。それまで刀にかかっていた呪いが、そういう形で宮越先生に移ったようなんだよ。だから今、宮越先生が腰につけているのは、峰吉が作った竹光だ」

「な、なるほど」

だから、呪われた刀のさらに上を行く呪い、という言葉を先ほど伊平次は使ったわけだ。納得できた。

「ところで、宮越先生というお方は、今はどうされているのでしょうか」

「田所町《たどころちょう》という所で子供たちに手習《てならい》を教えているよ」

「ああ、それで『先生』なのですね」

これで宮越礼蔵という男のことは分かった。確かにこの男がいれば、幽霊が取り憑いている刀が皆塵堂に持ち込まれても平気だろう。

「ところで伊平次。儂は最近、宮越先生を見ていないのだが、ちゃんとまだ田所町で手習師匠をやっているんだろうね」

清左衛門が口を挟んだ。

「ええ、もちろんです。うちにもついこの間、ご隠居のいない時にお見えになりましたよ。実はこちらがお呼びして来ていただいたんですけどね。潰《つぶ》れた商家の蔵から引き取った刀が呪われていたものですから。まあ大したことはありません。刀身に女の目が現れたり、血が浮き出したりするだけです。それでも売るわけにはいかないので、頼んで折ってもらいました」

「その後、その刀はどうしたんだね」

「折れた刀身は外して、裏の蔵に置いてあります。拵《こしら》えは立派だったので、峰吉が三寸の長さの竹光に作り替えて店に出しましたよ。ええと、それでですね。刀を折ってもらった後、宮越先生には……」

「ちょ、ちょっと待ってください」

二人の話をまた藤七は止めた。

「あの、伊平次さん。できれば、三寸の長さの竹光ってやつをもう少し詳しく……」

「そのままだよ。峰吉は器用だからね。柄や鞘に合うように竹を削ったんだ」

「それは分かりますが、なぜ三寸？」

「その方が面白そうだからだよ」

峰吉の声が作業場から聞こえてきた。壊れた古道具を修繕しながら、こちらの話にもしっかり耳を傾けていたようだ。

「拵えは立派なのに、抜くとすごく短いっていう刀。宴の余興かなんかに使えそうかな、と思って作ってみたんだ。そうしたら翌朝、店を開けたばかりのところにお侍様がやってきてね。その刀を一目で気に入って、買っていってくれたよ」

「へえ」

冗談みたいな品なのに、すぐに売れたとは驚きである。それに、この皆塵堂にも客は来るらしい。訊いてみないと分からないものだ。

「……まさか買っていったお侍、髭面《ひげづら》じゃなかろうな」

「きちんとした身なりのお侍様だったよ。垢《あか》ぬけていたし訛《なま》りもなかったから、お旗本か御家人か、多分そういう身分の人じゃないかな」

「そ、そうか」

あの物取りの髭面侍が金を出して買っていくはずはない。それに自分に相応しい刀を探し求めているのだ。それが三寸の竹光だったら驚きである。当然、違うのは分かっていた。念のために訊いただけだ。

「ふむ。だいぶ話が脇道に逸《そ》れてしまったが、ここらで戻すことにしよう。先ほど伊平次が言ったように、刀の件はひとまず措《お》いて、他の物から……」

「あ、ご隠居様、お待ちください。まだお訊ねしたいことがございまして」

太一郎とかいう男の話など、まだ知りたいことが残っている。

「いいかね、藤七。これは、お前自身のことなんだよ。それに、せいぜい七日しか江戸にいられないっていうじゃないか。江戸には人が大勢いるし、仁兵衛さんがいたのは三十年くらい前のことだ。元の持ち主を七日ですべて見つけるというのは、かなり難しいと思う。だからむしろ、お前の方から早く話を進めてくれと言うべきなんだ。それなのにさっきから、どうも話を逸らすというか、本筋じゃないところに興味を持つというか……」

「も、申しわけありません。分からないことや不思議に思ったことがあると、どうしても知りたくなってしまうのです。子供の頃からそのせいで、『知りたがりの藤七』などと呼ばれていまして」

「ふむ。決して悪いことではないと思うよ。しかしそれで肝心の話が進まないのは考えものだ」

「おっしゃる通りでございます。ですからご隠居様も伊平次さんも、もしお気に障るようでしたら遠慮なくおっしゃってください。『うるさいから黙れ』と言われれば静かにしますし、『邪魔だからあっちへ行け』と言われれば退散します。うちの旅籠《はたご》の常連のお客も、最近はそうしていますから」

「野良犬みたいな扱われ方だな」

清左衛門は少し呆《あき》れ顔になりながら障子戸の方へ目を向けた。開けてあるので皆塵堂の汚い庭など、外の様子が見える。

「……今は朝の四つといったあたりか。藤七はこちらの人間じゃないからね。持ってきた物の元の持ち主を捜す際には、江戸に詳しい者と一緒に歩いた方がいい。それに打ってつけの男がいるんだが、すぐには動けない。巳之助《みのすけ》という棒手振《ぼてふ》りの魚屋で、昼までは仕事をしているんだよ。昼近くになったら峰吉に呼びに行ってもらうが、それまでにはまだ少し間がある。だから……藤七がどうしても知りたいと思うことを、先に一つくらいは片付けてもいいかな」

「左様でございますか。ありがとうございます」

「ただし、本当に一つだけだ。それにもし儂らのうちの誰かの気に障ったら、その話は終わりにするからね」

「承知いたしました。それでは……」

やはり太一郎のことを訊ねるべきか。巳之助という男も気になる。皆塵堂というこの古道具屋も、ちゃんと商いが成り立っているのか不思議だ。せっかく来たのだから江戸という町のことや暮らしの様子を教えてほしいという思いもある。

聞きたいこと、知りたいことがたくさんあって困る。だが、どうしても一つに絞れと言うならば……。

藤七は作業場の方へ目を向けた。

「……あの峰吉という小僧さんのことを詳しく教えていただけませんか」

この言葉を聞いた清左衛門は、感心したように「ほう」と呟《つぶや》いた。伊平次は煙草の煙を吐き出しながら、にやりと笑った。ずっと動かなかった床の間の鮪助までもが、ふん、と鼻を鳴らした。しかし当の峰吉だけは表情をまったく変えずに直し終えた提灯を脇に置き、次に修繕する行灯《あんどん》を手元に引き寄せていた。

「まずそこを訊ねてくるとは。なかなかやるな」

「さ、左様でございますか。ただ何となく気になっただけなのですが」

「藤七は峰吉と出会ってからまだいくらも経《た》っていない。それに峰吉は僕を呼びに行くためにすぐ皆塵堂を出ていき、僕を連れて戻ってからはずっと作業場で古道具を直している。ほとんどまともに喋っていないはずだ。それなのに気になるとは……ふむ、勘は悪くない」

「はあ、ありがとうございます」

「それでは峰吉のことを教えるとするか。ええと、峰吉は見ての通りこの皆塵堂で働いている小僧で、今年で十五になった」

「そ、そうなのですか」

いきなり意外な話から始まった。体は小さいし、顔も幼く見えるので、もう少し下かと思っていた。

「伊平次が釣りばかりしているので、この店を実際に切り盛りしているのは峰吉だ。古道具を買い取って、欲しいという客に売る。壊れている物は直す。前は店番だけだったが、近頃は古道具を買い付けるために外に出ることも多くなった。だから商いのことはほぼすべて峰吉がやっていると言ってもいい。しないのは掃除くらいのものかな」

清左衛門は少し顔をしかめながら横を向いた。店土間の方を見たのだ。藤七もそちらに目を向けたが、土間の手前の作業場にいる峰吉の方が気になった。先ほど、三寸の長さの竹光の話をしていた時に口を挟んできたのだから、こちらの声が耳に入っているのは間違いない。だがやはり表情に変わりはなく、黙々と行灯を直している。

「客あしらいも見事だよ。こんな店だから客など来ないだろうと思うかもしれないが、掘り出し物を求めて覗《のぞ》いていく者もたまにはいる。峰吉はそんな客が現れたら素早く捕まえ、おだて上げたり泣き落としたり、あらゆる手を尽くして何でもいいから買わせようとするんだ。十五だからそろそろ前髪を落としてもいいのだが、あった方が客に品物を売りつけやすいそうでね、まだしばらくはこのままでいいと本人は言っている」

「なるほど」

こんな汚い店で健気《けなげ》に働いている子供がいれば、何か一つくらいなら買ってやってもいいかな、と思う客もいるに違いない。

「ただ、銭を払う客には愛想がやたらといいんだが、そうではない者には冷たくてね。帰り際に、相手に聞こえるように舌打ちをしたりする。それはやめろと儂は言っているんだけどね。なかなか改まらない」

「……舌打ちなら私もされました」

自分の場合は、医者の了玄先生の所で菓子を貰《もら》えない、という不満からの舌打ちだったが、あれを店の客にもやるとは驚きである。

「……峰吉は、いつ頃からあんな風なのでしょうか」

「ずっとだよ。まあ来たばかりの頃は、さすがに伊平次に対しては今より少し丁寧《ていねい》な言葉遣《づか》いをしていたかな。だがそれもだんだんぞんざいになっていった。客への舌打ちは、初めからしていた気がするよ」

「いくつの時からここで働いているのでしょうか」

「ええと、峰吉が来たのは確か……十だったかな。いや十一になっていたか」

「それまでは親元にいたわけですね。どんなご両親だったのでしょう」

「うむ、それは……」

清左衛門は言い淀んだ。苦虫を嚙《か》み潰《つぶ》したような顔つきに変わっている。

「……改めねばならない所もあるが、それでも峰吉はよくやってくれていると思う。

その父親のことをあまり悪く言いたくはない。それに儂は、人様の悪口を言うのが苦手なんだ。どんな人間でもどこかしら良い所はあると考えているのでね。だから甘い言い方になってしまうかもしれないが……糞《くそ》みたいな父親だったよ」

もの凄《すご》い悪口が出た。

父親のことをそんな風に言われたら峰吉もさすがに表情を変えるだろうと思い、藤七は横目で覗き見た。しかし小僧は何食わぬ顔で行灯の脚を別の物に付け替えていた。

「昼間から酒を飲み、夜になるとどこかの賭場で博奕《ばくち》を打つ、という暮らしをしていた男だ。仕事はしていない。金が尽きたら家に帰り、女房を殴って巻き上げていた」

確かに酷《ひど》い。しかしこの手の男は、探せばわりといる気がする。だから、糞、までは言い過ぎかもしれない、と藤七は感じた。屑《くず》、くらいに留めておいてもいいのではないだろうか。

「この女房、つまり峰吉の母親が、懸命に働いて子供たちを育てていたわけだ。ああ、峰吉は長男でね。二つ下の妹と、六つ下の弟がいるんだよ。三人のまだ幼い子供たちを抱え、さらに糞亭主がたまに現れて金を毟《むし》り取っていくから、大変なんてものじゃない。事実、体を壊してしまってね。ほどなくして亡くなってしまったんだ。弔いは長屋の大家とか近所の者がやってくれたらしい。亭主の方は遊び歩いていて、自分の女房が死んだことをしばらく知らなかったようだ」

「うわぁ……」

やはり糞でいいかもしれない。

「母親が死んでからは、幼い妹や弟を峰吉が食わしていかなければならなくなった。そうは言っても峰吉自身がまだ子供だからね。長屋の者たちの手助けはあったよ。それでも峰吉は自分にできる限りのことはやったようだ。木屑を拾って湯屋に売ったり、冷たい川に入って蜆《しじみ》を拾ったり……。ところが父親は、子供が稼いだそんなわずかの銭ですら巻き上げていった」

「ううっ」

清左衛門は正しかった。確かに「糞」などという言い方では甘い。そもそも糞尿は畑の肥やしとして役に立つではないか。そんな男と一緒にするのは申しわけない。

「それにしても、大家さんなどがどうにかしそうなものですが」

「むろん大家は、何度も峰吉の父親に文句を言ったよ。しかし当人が聞く耳を持たないのだからどうしようもない。碌《ろく》に店賃《たなちん》など払っていないから追い出すこともできるが、そうすると子供たちの住む場所がなくなってしまう。それで町役人《ちょうやくにん》などと、さてどうしたものか、と相談している時に、そんな子供たちがいるという話を伊平次が耳にしたんだよ。この男は父親がいる時を見計らって長屋に乗り込み、子供たちを手放すよう掛け合った。儂も一緒に行ってね、子供たちを引き取ってきて、今に至るというわけだ。ちなみに父親の方はその後、江戸から出ていった。どこかで野垂れ死んだらしいと風の噂《うわさ》で聞いているよ」

「はあ……」

藤七は横目でずっと峰吉を見ていたが、父親の話をしている時には眉《まゆ》一つ動かさなかった。恐らく峰吉の心の中では、済んだこととして片付けられているのだろう。

しかし母親の話が出た時には、わずかに眉根を寄せた気がした。さすがにこれはまだ振り切ることができていないようだ。

「……それにしても、そんな男の許に乗り込んでいくとは、伊平次さんも度胸がありますねぇ」

伊平次へ目を移すと、この皆塵堂の主は「違う」というように頭の上でひらひらと手を振った。

「話をつけたのは俺で、鳴海屋のご隠居はくっついてきただけ、みたいに話しているが、騙《だま》されちゃいけないよ。確かに俺が先に行って峰吉の父親に掛け合ったのは事実だ。だけどね、話している最中にご隠居が鳴海屋の若い衆を大勢引き連れて乗り込んできたんだよ。で、父親の顔を目がけて大量の金を投げつけてね。『子供たちは儂が引き取る。お前はその金を持ってすぐに江戸から出ていけ。もし再び儂の目の前に現れるようなことがあったら、木場《きば》の堀に浮かんでいる材木の下に沈めてやるからな』と脅《おど》したんだ」

「あの頃は儂も若かったから」

「たった五年ほど前のことですぜ。ご隠居はその頃も、その前からもずっと今と変わらぬ爺さんだ」

「いやぁ、若かったなぁ」

清左衛門は遠くを見るような目をした。

「……いいかい藤七、話はこれで終わりじゃないんだよ。峰吉たちが住んでいたのは長屋の端の部屋だったんだが、それをいいことに、ご隠居は鳴海屋の若い衆たちに命じてそこを壊し始めたんだ。父親が二度と江戸に戻る気を起こさないように、という意味を含めた脅しなんだろうけど、大家さんが呆然《ぼうぜん》としていたよ。泣いてたかもしれない。もちろん後で、ご隠居が新しく建て直したけどさ」

「そ、そんなことをしたら、ご隠居様の方が何かお咎《とが》めを受けてしまうのではありませんか」

「そこがこのご隠居の恐ろしいところだ。頭に血が上って、勢いで乗り込んできたように思うだろう。でも違うんだよ。鳴海屋は大きな材木問屋で、お上の仕事なんかも請け負っているから、偉い人たちに顔が利く。ご隠居はそういう人たちを通して、前もって町方のお役人たちに根回しを済ませていたんだ。だから何のお咎めもなし」

「ふへぇ」

話の分かる親切でお金持ちの好々爺《こうこうや》、という風に見ていたが、それだけではないようだ。間違っても敵に回すことのないよう気をつけないといけない、と藤七は肝に銘じた。

「……なるほど、それで峰吉はこうして皆塵堂で働いている、というわけですね。そうなると次に気になるのは峰吉の妹や弟のことです。二人は今……」

「藤七さん」

作業場から声がした。呼んだのはもちろん峰吉である。藤七は少し驚きながらそちらを見た。すると峰吉は、手の甲を藤七の方へ向けて二度腕を振った。

「シッシッ」

「ええ……」

野良犬みたいな扱い、ではなく、ただの野良犬扱いをされてしまった。

「ふむ、これ以上の話は峰吉の気に障るようだな。それでは終わりにして、藤七が持ってきた物を見せてもらおうじゃないか」

「は、はい……」

約束だから仕方がない。作業場の隅に置いてある風呂敷包みを運ぶために藤七は立ち上がった。峰吉はもう手元で修繕している古道具に目を戻している。すでに行灯は直し終わり、今は下駄《げた》の歯を付け替えていた。

苦労をしてきたせいか、一筋縄では行かない小僧のように感じる。峰吉のことも気をつけないとな、と藤七は思った。同時に、あまり触れられたくないであろう昔の話を聞き出してしまったことについて、折を見てきちんと謝らないといけない、とも思った。

二

藤七は風呂敷包みを解いた。

伊平次と峰吉はすでに中身を見ているが、清左衛門は違う。蔵での出来事や江戸までの道中で起こった不運の数々を話しただけで、運んできた物を実際に目にするのはこれが初めてになる。藤七はこの老人が見やすいように、三つの箱の蓋《ふた》をすべて外してから並べた。

「ふむ、ふむ、ふむ、ん？」

一つ一つ中身を確かめるように箱を端から順に眺めていった清左衛門は、最後にその横に置かれている物を見て眉をひそめた。

「先にお話ししたように、黒松屋の蔵にあったのは三つの箱と刀、そしてご隠居様が目に留めた、その丸太のような太い木の棒だけです」

まずはそれを気にするあたり、さすがは材木問屋の隠居だ、と藤七は少し感心した。自分は柱の一部だろうと考えたが、本当のところはどうか分からない。はたして清左衛門は何と答えるだろうかと思いながら藤七は訊ねた。

「ご隠居様は、それが何であるか分かりますでしょうか」

「当然だ。一目で分かる。これはね、樫《かし》だよ」

「は？　菓子？」

食えるのか、これ。

「うむ、樫だ。丈夫な木だから、職人が使う道具、あるいは百姓が使う農具の柄《え》によく使われている。赤樫と白樫があるが、色が違うだけで使われ方はほぼ同じだ。ただし台鉋《だいがんな》……その一番大きな箱の中にも入っているが、その台だけは白樫が多いな。使う時に刃を少しだけ出すだろう。白樫の方が、その刃が見やすいんだよ。他によく樫の木が使われる物と言えば、木刀とか槍《やり》の柄、三味線《しやみせん》の棹《さお》などだ。ああ、木刀や槍は赤樫の方が多い」

「なるほど、その樫ですか。よく分かりまし……いえ、私がお訊ねしたのは、それは何の木で作られているか、ではなくて、何に使う物なのか、だったのですが」

「なんだ、そういうことか。これはね、杵《きね》だよ。柄が外れてしまった杵の先だ」

「あ、ああ……言われてみれば」

端にある穴は柄を取りつける所のようだ。

「確かにご隠居様のおっしゃる通りです。ああ、残念だ。柄が付いていたら私にも杵だと分かったのに」

「それなら子供にだって分かるでしょ」

作業場にいる峰吉がぼそりと呟いた。これもまた、言われてみればその通りだった。

「……杵に使われる木なら、樫だけじゃなくて欅《けやき》や檜《ひのき》なんかも多いな」

清左衛門の木に関する話はまだ続くらしい。

「銀杏《いちょう》など、他の木で作られたのも見ることがある。まあ、そのあたりは使う人の腕力によると考えていい。樫や欅のような堅い木だと、どうしても重くなるからね。力の弱い者が使うと、すぐに疲れてしまう」

「はあ。そうするとこれは樫ですから、力のある人が使った物だということですね」

「それだけではなく……」

清左衛門は手を伸ばして杵を撫《な》でた。

「……使い込まれているな。正月に餅《もち》を搗《つ》く時だけ出す、というのではなく、仕事で毎日のように使っていたのだろう。それなら丈夫な木の方がいいに決まっている」

「杵を使う仕事というと……やはり餅屋さんでしょうか」

「あとは搗米屋《つきごめや》だな。そっちの方が数は多い。藤七はもう、ここの前の通りを歩いてみたかね」

「いえ、まだ目が覚めてからほとんど外に出てなくて……」

小便をするために裏の長屋の厠《かわや》に行っただけだ。表側には出ていない。

「この皆塵堂の隣は搗米屋なんだよ。面倒臭《めんどうくさ》いから儂らはいつも米屋としか言ってないけれどね。米問屋から玄米を仕入れ、店内で搗いて白米にして売っている。この杵の元の持ち主も、そういう仕事をしていた者だと思うよ」

清左衛門は杵から手を離すと、今度は底の浅い箱へと伸ばして中に入っている書き付けを取り出した。

「ふむ。名前の他に記されているのは町名だけか。その者の仕事まで書いていてくれれば、少しは捜しやすかったのに」

「それでも楽になったのは間違いありません」

杵を使う仕事をしていた人が交ざっている、と分かっただけでも十分だ。これから書き付けにある町を巡り歩くことになるが、搗米屋や餅屋があったら入って、同じ仕事をしている人が記されていないか訊ねることにしよう。闇雲《やみくも》に回るよりは、だいぶましになった。

「さすがは材木問屋のご隠居様だけあって木のことにお詳しい。お蔭で助かりました」

「そう言ってくれると儂も嬉《うれ》しいよ。伊平次など他の者は儂が木の話を始めると逃げるからね。聞くと寿命が縮みそうだとか言って」

清左衛門は睨《にら》みつけるような目で伊平次を見た。しかし皆塵堂の主は何食わぬ顔で煙草を吹かしながら釣り竿を磨いていた。

「……念のため辰五郎《たつごろう》にも手伝ってもらうべきだな」

清左衛門は、ふう、と溜《た》め息《いき》を一つ吐《つ》くと、書き付けに目を戻した。

「ああ、辰五郎というのは隣の米屋の主だ。杵の元の持ち主がまだここに書かれている場所にいるとは限らないからね。この中に知っている人はいないか米問屋や他の搗米屋仲間に訊ねるよう、辰五郎に頼んでおくよ」

「申しわけありません。ありがとうございます」

「辰五郎に渡すために、書き付けを写さないといけないな。おい峰吉、紙と書く物を持ってきてくれないか」

清左衛門が言うと峰吉は立ち上がった。作業場から店土間に下り、筆や硯《すずり》などを集め始める。売り物を使うようだ。

「峰吉に墨を磨《す》ってもらっている間に、他の物を見せてもらおうかな」

清左衛門は一番大きな箱へと目を移した。

「玄翁《げんのう》と鋸《のこぎり》が一本ずつ。鑿《のみ》は何本もあるな。それと台鉋がいくつか……」

「こんな物も入っています」

板に棒が挿《さ》し込んであり、その棒の先に刃が付いている道具を藤七は箱から取り出した。

「何に使う物なのか、私には分からないのですが……」

「ああ、それは罫引《けひき》だよ。ええと、墨壺《すみつぼ》は分かるね」

藤七は頷《うなず》いた。墨の付いた糸を張って、板などにまっすぐな線を引く道具だ。さすがにそれは知っている。

「罫引というのは、墨ではなくて傷を付けるんだ。例えばここにまっすぐな柱があるとしよう。その端に罫引の板の部分を合わせて動かすと、棒の先にある刃で柱にまっすぐな傷が付いていくだろう。そうやって使う」

「なるほど。そういう物まであるということは、やはりこれは大工さんの道具箱ということになりますか」

町を巡る際には、普請場なども訪れた方がいいかもしれない。

「……ふむ。もちろん大工ということも考えられるが、それにしては入っている道具が偏《かたよ》っている。かなり刃先が細い鑿があるのも気になるな。幅五厘《りん》といったところか。だから大工だけではなくて、建具屋や指物師《さしものし》まで広げて考えた方がいい」

「あ、ああ。確かにそうですね」

戸や障子、襖《ふすま》などを作る建具屋、そして箱や箪笥《たんす》などを作る指物師。どちらもここにあるような道具を使う仕事だ。

「ただし、ほぼ間違いなく指物師だろうと儂は思っているよ」

「は、はあ。それはやはり道具から考えて、ということでしょうか」

「もちろんそれもある。しかし、もっと気になることがあってね。それらの道具が入っている箱のことなんだ。藤七が越ヶ谷宿から運んできた三つの箱は、どれも桑《くわ》の木で作られているんだよ」

「それは……私の伯父と関わりがあるということでしょうか」

仁兵衛は江戸にいた若い頃に桑次郎と名乗っていた。

「いや、そうではない。すまないが、これが『すっぽんの桑次郎』と関わりがあるかどうかは分からないよ。ただね、指物にはよく桑が使われるんだ。山桑と島桑があって、御蔵島《みくらじま》産の島桑が最上とされている。これらの箱は残念ながら山桑のようだが、それでもかなり上等な物だよ。すばらしい箱だ。作りも丁寧《ていねい》だしね」

清左衛門はうっとりするような目で箱を撫で始めた。少し怖い。

「……まあそういうわけで、指物師だろうと儂は思っているんだ。もちろん大工や建具屋とも考えられるから、それも含めて鳴海屋に出入りしている職人に訊ねておこう」

「恐れ入ります」

藤七は清左衛門に向かって深々と頭を下げた。わずか七日ですべての物の元の持ち主を捜し出すのは難しいと思っていたが、この老人の力添えがあればできるかもしれない。

「それでは次の箱を見るとしようか。中にあるのは、ええと、煙草入れか。付いている根付《ねつけ》は象牙《ぞうげ》だな。この布に包まれているのは……簪か。ううむ」

清左衛門の顔があからさまに曇《くも》った。箱や杵を見ている時とはまったく違う。つまらない物を見るような目に変わっている。多分、というか間違いなく、木で作られている物ではないからだろう。

「あ、ほら、ご隠居様。印籠《いんろう》もございますよ」

やる気を失われたら困る。藤七は慌《あわ》てて箱から印籠を拾い上げ、清左衛門の前に差し出した。

「……藤七は印籠が何でできているか知っているかね」

「木ではないのですか」

「もちろん木彫りの物もあるよ。それから、薄い檜《ひのき》の板などを輪にした、いわゆる曲物《まげもの》の印籠もね。しかしその他にも、いろいろな物で作られる。例えば陶器、真鍮《しんちゅう》、そして乾漆《かんしつ》……藤七は、乾漆は分かるかね？」

「いえ、申しわけありません」

藤七は首を振った。

「別に謝ることはない。乾漆というのは型に麻布を張り、漆《うるし》を塗って固めていく技法だ。これで作られている仏像などもある。印籠の場合は麻布ではなくて紙を使うが、作り方は同じだ。楕円《だえん》の型に和紙を巻いて漆で固める。内側は型を外した後に、梨地《なしじ》という蒔絵《まきえ》の技法で綺麗《きれい》にする。これは曲物の印籠でもそうだ。外側はもちろん蒔絵で飾る。乾漆と曲物の印籠は重さも変わらないから、出来上がった後で見分けるのは難しいのだが……儂の勘がね、それは乾漆だと言っているよ」

「は、はあ……」

材木問屋の隠居の勘だ。多分、合っているに違いない。

「まあ、紙だって楮《こうぞ》や三椏《みつまた》などの皮から作られるのだから、広く考えれば木だと言えなくもない。だが儂の求めている物とは、ちょっと違うというか……」

清左衛門老人が萎《しお》れていく。これはまずい。元気が出るような話に変えなければ、と藤七は頭を捻《ひね》った。

「……ええと、ご隠居様は、どのような印籠をお持ちなのでしょうか」

「もちろん木で作られた印籠だ」

清左衛門は腰に手を回し、帯に提《さ》げられている印籠を外した。

「これは何の木だと思うかね」

「さて、私には分かりませんが……」

「梨だよ。さっき梨地のことを少し言ったが、これは表面をざらざらさせた技法でね。梨の実の肌に似ているからそう名付けられた。これが印籠でよく使われているから、それならいっそのこと梨の木で作ってしまったらどうだろうと儂は思ってね。取り寄せて、職人に頼んだんだ」

清左衛門の顔に生気が戻ったので藤七はほっとした。

「それから、この印籠を帯に提げるための根付。これも同じ木から作った物だ。ただの玉じゃないよ。梨の実の形なんだ。ほら、よく見なさい」

「な、なるほど確かに」

「それから煙草入れに付けている根付はね……」

少し元気が出すぎてしまったかもしれない。困っていると座敷に峰吉が入ってきた。

「ご隠居様、言われた物を持ってきたよ」

「ふむ、そうか」

清左衛門は煙草入れの根付を外そうとしていた手を止めて峰吉の方を向いた。言われた物だけでなく、書き物ができるように小さめの文机も峰吉は用意していて、その上に紙や筆などを載せてあった。いろいろな意味でよく気が回る小僧である。

清左衛門が書き付けを写し始める。その間に、今度は峰吉が箱の横に座り込んで中を覗き込んだ。

「ふうん。もしどうしても元の持ち主が見つからなかった時は、うちの店がこれらを引き取るらしいけど……大した物は入ってないなぁ」

小僧は不満そうだ。

自分が苦労して運んできた物、いやそれよりも亡き伯父の仁兵衛が残した物をそんな風に言われてしまい、藤七も不満である。負けてなるものかと思い、箱から簪を取り出した。

「よく見ろよ、高そうな物も入っているだろう。ほら、この銀の簪なんか……」

「銀流しだよ、それ」

峰吉はちらりと見ただけでそう言い切った。銀流しとは水銀に砥《と》の粉《こ》を混ぜて銅や真鍮などに擦《す》り付け、銀に見せかけた物である。

「そ、そうなのか……」

あっさり負けた。大事そうに布に包んであったから本物の銀かと思った。

「三十年くらい前の物にしては驚くほど綺麗だけどね。銀流しは剝《は》げやすいのに」

「伯父さんが丁寧に仕舞《しま》っていたから……」

「それもあるけど、『すっぽんの桑次郎』さんが手に入れる前から大切に扱われていたと思うよ。まったくと言っていいくらい使われていないんじゃないかな」

「へえ……」

それはどういうことだろう、と考えていると、書き付けを写していた清左衛門が手を止めて藤七を見た。

「記されている中に女の名はないな」

「は、はい。それは私や与吉さんも気づきましたが……」

「峰吉の話から考えると、藤七の伯父さんは錺《かざり》職人から借金の取り立てをしていたのかもしれないね。あるいは、小間物屋《こまものや》とか」

使われる前に桑次郎の手に渡ったということである。確かにそれなら綺麗なままであるのも分かる。しかし……。

「それだと、私が見た女の幽霊は何だったのかという話になりますが」

煙草入れは男物だ。印籠を持ち歩くのも、ほぼ男である。女の物といったら簪しか見当たらない。

「ふむ。それについては今のところ何とも言えない。だがいずれにしろ元の持ち主を捜すのに、小間物屋を当たってみる必要は感じるよ。煙草入れや印籠もあるからね。前にこの皆塵堂で働いていた者に益治郎《ますじろう》というのがいて、今は小間物屋をやっているんだ。その男にも書き付けの写しを渡しておこう。大きな小間物問屋と付き合いがあるし、錺師などにも知り合いがいるだろうから、何か分かるかもしれない」

「ありがとうございます。本当に助かります」

「儂に袋物問屋の知り合いがいるから、そこにも頼んでおこう。遠州屋という店についても心当たりを訊ねてみるよ」

藤七はまた清左衛門に対して深々と頭を下げた。不運の果てにこんないい人に出会えるなんて、実は自分は運がいいのではないか、と思った。

「それじゃ、おいらはそろそろ巳之助さんを呼びに行くから」

峰吉が立ち上がって座敷から出ていった。様々な物が転がっている店土間を素早く通り抜け、戸口の外へ姿を消した。

まだ昼までには間がある。出ていくのが早いのではないだろうかと不審に思っていると、藤七の顔色を読んだらしく、清左衛門が口を開いた。

「巳之助が住んでいるのは浅草の阿部川町《あべかわちょう》という所でね。ここから少し離れているんだ。それに多分、ついでに途中で古道具の買い付けもするつもりだろう。峰吉はいったん外に出たら手ぶらでは帰らない小僧だから」

「それは凄い」

働き者だ。清左衛門を呼びに行ったり壊れた古道具を直したり、ずっと何かをしている。その勢いで少しは店の片付けもすればいいのに。

「巳之助の住んでいる長屋で、ついこの間、猫が生まれたんだよ。その子猫を眺めたいっていうのもあると思う。あとは……太一郎の見舞いだな」

宮越礼蔵という浪人の話を聞いていた時に出てきた、間の抜けた男の名である。

「太一郎さん、具合でも悪いのですか」

「ああ、倒れてしまってね。このところずっと寝込んでいる。まったく肝心な時に、などと文句を言いたくなるが、仕方がない。実を言うと、元の持ち主を捜すためにいろいろと頭を捻ったが、太一郎が動ければそんな必要はないんだ。七日どころか、今日一日で終わる話だった」

「そ、それはどういう……」

「太一郎という男は幽霊が見えるんだよ。それだけではなく、その者がどんな死に方をしたか、どういう恨《うら》みを持っているか、などということまで感じ取れる。藤七が持ってきた物だって、幽霊が憑いているなら一目見るだけで素性が分かるはずだ。いきなりこんな話をしても信じられないかもしれないが」

「いえ、そんなことはございません」

女の幽霊を見る前だったら首を傾げていたかもしれない。だが今は信じられる。伊平次が太一郎について、「今はとんでもない男に変わっている」と言ったのは、きっとこのことを指していたのだろう。

「しかしその太一郎さんは今、寝込んでいて動けない。いったい何が原因なのでしょうか」

働きすぎ、あるいは遊びすぎで倒れたのならまだいい。何か重い病にかかってしまったのだったら可哀想《かわいそう》だ。

「……猫だよ」

「は？」

「太一郎は猫が苦手なんだ。それなのに事情があって一匹、猫を飼っている。そいつが最近、子猫を産んでね。それだけじゃない。住んでいる長屋にいる他の猫にも子猫がたくさん生まれてしまったんだ。ああ、太一郎は巳之助と同じ長屋に住んでいるんだよ。太一郎が表店《おもてだな》、巳之助は裏店《うらだな》に分かれているが、幼馴染《おさななじみ》なんだ。で、太一郎は猫が苦手なのに、どういうわけか猫にやたらと好かれるんだよ。だから自分の飼い猫はもちろん、裏の長屋の猫までが生まれた子猫を見せに来る。もちろんその他の雄猫たちもやってくる。それが倒れた原因なんだ」

「は、はあ……」

寝込むほどのことなのだろうか。幽霊がどうのこうのという話より、こちらの方が信じられない。

「去年も長屋で子猫が生まれたが、太一郎のやつは、その時は江戸から逃げ出したんだよ。しかし今年はそういうわけにはいかなかった。親父さんが隠居して、太一郎は銀杏屋《いちょうや》という道具屋を継いだんだ。店の主だからね、そうそう長くは留守にはできない。それで無理して我慢し続けた結果、倒れてしまったということなんだよ。そうしたら心配した猫たちがずっと太一郎の寝所にいるようになって、ますます具合が悪くなっていき……」

「へ、へえ……」

太一郎という男がよく分からない。有能なのか、間抜けなのか。

「とにかくその太一郎さんというお人は、今は動けないということですね。仕方ありません。元々、私一人で元の持ち主を捜すつもりだったのです。巳之助さんという方を紹介してくださるだけで十分にありがたい話でございます」

　藤七は礼を言いながら箱の蓋を閉めた。

「その巳之助さんがいらっしゃるまで間がありそうですので、私はいったん外に出ます。江戸にいる間の宿を探さねばなりませんので」

「うん？　何を言っているんだね。その必要はないよ。この皆塵堂に寝泊まりすればいい。もちろん金など取らないよ。飯代も含めてね」

「いえ、さすがにそこまで甘えるわけには参りません。伊平次さんもご迷惑でしょうし」

　藤七はそう言うと伊平次の方を見た。ところがついさっきまでいたはずなのに、今は姿が消えていた。

「伊平次なら、さっきそこの障子戸から出ていった。釣り竿を抱えてね。この儂に店番をさせるつもりのようだ。そんなやつの迷惑など考えることはないよ」

「しかし、伊平次さんはこの店の主でございますから……」

「儂がいいと言っているのだから気にすることはない。それにね、伊平次だって初めからそのつもりだったと思うよ。だから、あとは藤七次第だ。念のために言っておくが、この皆塵堂は幽霊が取り憑いている物でも平気で引き取ってくる古道具屋だからね。そのためここで寝泊まりすると、たまに嫌なものを目にしてしまう人がいる。どういうわけか伊平次と峰吉は見ないけれどね。まあ最近は怪しいと思った道具は裏の蔵に仕舞っているから、ほとんど出なくなったが……さて、どうするかね。ここで寝るのが怖いというなら無理は言わないよ」

「う、ううむ」

確かに怖い。幽霊が憑いている古道具が置かれている店に泊まりたくはない。だが、その自分自身が、幽霊が憑いていると思われる物を持っている。御札が貼《は》ってあるので蓋を開けなければ平気だろうと与吉は言っていたが、万が一ということもあり得る。泊まっている旅籠で何か出てしまったら、自分はともかく、他の者に迷惑がかかってしまう。この皆塵堂なら、そういう心配はしなくて済みそうだ。

それに金の節約にもなる。黒松屋は決して儲《もう》かっているわけではないのだ。与吉が出してくれた金は、なるべく使わずに返してやりたい。

「そ、それではお言葉に甘えさせていただいて……」

「よし決まった。それなら巳之助が来るまで間があるから、もう少し木の話をしようか」

「は？」

「藤七が働いている黒松屋は、屋号に反して赤松があるそうだね。旅籠の庭にあるってことは、きっと枝ぶりがいい木なのだろう。ただね、海辺に生えている黒松もそうだが、松というのは『曲がり』があるし、脂《やに》も出るから家の柱には向かないんだ。それでも丈夫なので梁《はり》に使うことは多い。脂が少なければ、滑りがいいから敷居《しきい》や鴨居《かもい》の板に使われることもある。ふむ、黒松屋の赤松か。一度見てみたいものだな」

「もし日光や奥州《おうしゅう》の方にいらっしゃることがございましたら、ぜひ黒松屋においでください。ただ、庭の赤松はうちの看板ですから、その……」

伐られそうで怖い。

「別に見るだけだから心配しなくていい。それより、庭にあるのは赤松だけではあるまい。他にはどんな木が植えてあるのかね」

「ええと、黄楊《つげ》とか……」

「黄楊といえば櫛《くし》だな。桑は御蔵島産の島桑が最上だと言ったが、黄楊も御蔵島のものがいいんだよ。それと三宅島《みやけじま》のもね。櫛の他だと、黄楊からは将棋の駒がよく作られる。ああ、御蔵島などにもぜひ一度行ってみたいものだ」

御蔵島も三宅島も伊豆七島にある。もし行くとしたら……島流しか？

「他にはどんな木があるのだね」

「椿《つばき》とか……」

「思い出したぞ。儂の煙草入れに付けている根付は椿から作った物で……」

清左衛門は自分の腰に手を回し、帯から煙草入れを外し始めた。それを見ながら藤七は思わず、ううむ、と唸った。自分が「知りたがりの藤七」なら、この人は「木のことを語りたがる隠居」だ。

もしかしたら清左衛門は、木の話を聞かせたいがために自分を皆塵堂に泊まらせることにしたのではないか。そして明日以降も毎日、語りに来るつもりなのではないだろうか。

もちろん暇であるならば、「知りたがりの藤七」の意地で耳を傾け続ける自信はある。だが今は、持ってきた物の元の持ち主を捜さなければならない。

先ほど清左衛門から、自分がいろいろ訊くせいで「肝心の話が進まない」と叱《しか》られたが、それはお互い様なのではないか。嬉々《きき》としながら根付について語り出す清左衛門を見ながら、藤七はそう思った。

三

「へえ、あのご隠居の木の話を聞き続けたのか。そいつは凄《すげ》ぇや」

藤七の横を歩いている巳之助が感心したように大声を上げた。

「小便に行くとか言って逃げちまえばよかったのに」

峰吉がこの大柄で顔が厳《いか》つい魚屋を連れて戻ってきたのは昼をだいぶ過ぎてからのことだ。それまで藤七はずっと清左衛門の木の話を聞き続けていた。「知りたがりの藤七」と呼ばれるくらいだから人の話を聞くのは得意だが、それでもようやく解放された時には、自分が少し老けた気がした。寿命が縮むというのもあながち嘘ではないかもしれないと感じた。

「確かに大変でしたが、ご隠居様は今回の件でご尽力くださるわけで、さすがに逃げることは……」

清左衛門は巳之助と入れ違いに皆塵堂を出ていった。知り合いの袋物問屋に、書き付けにある名前に心当たりがないか訊きにいったのである。その後は鳴海屋に戻って若い衆を動かし、指物師や大工、建具屋を当たることになっている。

「律義だねぇ。俺とか伊平次さんはすぐに逃げるぜ。鮪助すら姿を消す」

そういえば伊平次同様、鮪助もいつの間にか座敷からいなくなっていた。

「峰吉はわりとご隠居の話を聞く方だが、代わりに菓子をねだる」

清左衛門が言っていた通りに、峰吉はどこかから古道具を仕入れてきていた。壊れていたので、今はそれを直しながら皆塵堂の店番をしている。

「もうご隠居の話をちゃんと聞くやつなんか……あ、一人いたな。茂蔵《しげぞう》だ。あいつにとってご隠居は、大親分様だから」

皆塵堂を出た藤七と巳之助が初めに向かったのは長谷川町《はせがわちよう》という所だった。清左衛門の話に出た益治郎が店主をしている、大黒屋《だいこくや》という小間物屋を訪ねたのだ。

残念ながら益治郎は留守で、代わりにその茂蔵という男が店番をしていた。巳之助の弟分らしい。調子のいい男で、「必ず書き付けにある名の者を見つけてやります」と意気込んでいた。藤七はありがたいと思ったが、同時に少し不安に思った。

「どうして鳴海屋のご隠居様が大親分なのですか」

「ええと、太一郎という男のことは聞いているかい。俺の幼馴染なんだが」

「はい、一応は」

聞いてはいるが、どんな人物かはよく分かっていない。

「茂蔵に言わせると、太一郎と俺は兄弟分なんだそうだ。その太一郎は前に皆塵堂で世話になっていたから、伊平次さんは親分ってことになる。で、ご隠居はその伊平次さんが世話になっているお方だから……」

「大親分様ということですね」

やはりあの男、少し不安だ。

「……ところで、太一郎さんの具合はいかがなのでしょうか」

「周りに猫がいるうちは変わらないんじゃないかな」

「そうかと言って出ていくわけにはいきませんでしょう。太一郎さんは銀杏屋の主なのですから。代わりに猫の方を追い出すというのは……ああ、駄目ですね」

太一郎は猫が苦手だが、反対にこの巳之助は無類の猫好きなのである。住んでいる長屋にいる猫は、巳之助が大家の許しを得て飼い出したそうだ。お蔭で今では、その長屋は通称「鬼猫《おにねこ》長屋」と呼ばれているという。もちろん「鬼」は巳之助の顔から来ている。

ちなみに太一郎のいる銀杏屋で飼われている猫は、伊平次が押し付けたらしい。有能なのか間抜けなのかは分からないが、可哀想な人なのは確かだと藤七は思った。

「巳之助さんのお気持ちは分かりますが、数が多すぎなのではありませんか。少し減らさないと、太一郎さんだけじゃなくて他の住人の方も迷惑に思うかもしれません」

元々は、銀杏屋にいる猫も含めて全部で六匹だったそうだ。今はそのうちの三匹の雌猫が子猫を産んだために、十七匹に増えているという。つまり子猫は十一匹である。

「もちろんすべての子猫をうちの長屋で飼う気はないよ。いずれは他所《よそ》に貰われていくさ。藤七には悪いが、今日もついでに引き取り手を探しているし」

大黒屋を出た後、二人は鉄砲町に向かった。書き付けにある政次郎という者を捜しにいったのだ。しかし闇雲に歩き回っても仕方がないので、巳之助はある人物の許を訪れた。糸や針を売る小さな店の爺《じい》さんで、巳之助の「猫好き仲間」だった。

「いえ、悪いなんてことはありません。随分と顔が広いお方のようですから、私も助かります」

この「猫好き仲間」は、ただ「猫が好き」というだけの人ではない。自分でも猫を飼っているが、それでは飽き足らずに、他所《よそ》で飼われる猫や外をうろついている野良猫を見るために年中町内を歩き回っているような人物である。そうすると当然、人間の知り合いも多くなるのだ。

残念なことにその爺さんは政次郎という人に心当たりがなかったが、町内の知り合いに訊いて回ると約束してくれた。十分に大助かりである。

「だけど、やはり三十年近く前に住んでいた人を捜すってのは難しいみたいですね。次の町でも見つかりませんでしたし」

鉄砲町を後にした二人は、次に浅草三間町に向かった。書き付けでは、徳左という者がそこにいたことになっている。

しかしその辺りを縄張りにしている巳之助の猫好き仲間は徳左を知らなかった。分かったのは、今はそのような人物は町内に住んでいないということだけだった。

鉄砲町の爺さんと同様、町内の知り合いに徳左のことを訊いてもらうよう頼んで、二人は浅草三間町を離れた。次に目指すのは菊治という者がいたという本所長岡町だ。いろいろなことを喋りながら新大橋を渡り、本所のくねくねとした道を並んで歩いている。それが今だ。

「……巳之助さんについて一つ気になることがあるのでお伺いしてもいいですか」

「俺のことなんて別に知りたくないだろう」

「いえ、そこは『知りたがりの藤七』でございますから」

「ふうん。大人の男でそういうのってあまりいないよな。六つか七つくらいの女の子だと、たまに『どうして』とか『なんで』とかすぐに言う子がいるけど」

藤七は首を傾げた。自分はそういう子に会ったことはない。

「この前も俺が山下町《やましたちょう》の辺りを……ああ、そう言っても分からないか。日本橋を南の方に行くと京橋《きょうばし》っていうのがあって、そこを渡ってさらに少し進んでから右に曲がった所にある町だ。新橋《しんばし》よりは手前だな。で、その山下町の辺りを歩いていると、急に六つくらいの女の子が近寄ってきてさ。俺の顔を見上げて『おじちゃんはどうしてそんなにお顔が怖いの？　何かの祟《たた》り？』って訊いてきたんだよ。びっくりしたぜ」

「そ、それは……祟りって言葉を知ったばかりで、どこかで使いたかっただけじゃないでしょうかねぇ」

巳之助を恐れずにそんなことを訊ける、物怖《ものお》じしない女の子を褒《ほ》めてやりたい。

「ううん、そうかなぁ。まあさすがに藤七は、それよりましなことを訊いてくるだろう。答えてやるから言ってみな」

「今日は初めに長谷川町という所を訪れました。日本橋はそこから近いのでしょうか」

「うん、まあ、遠くはないな」

「そこから鉄砲町へ回り、その後で浅草三間町に行きました。巳之助さんの住んでいる浅草阿部川町というのは、その近くですか」

「少し西に行った辺りだ」

「魚河岸というのは日本橋のすぐ近くにあると聞いたのですが、間違いありませんか」

「ああ。日本橋とその隣の江戸橋の間の川沿いだ」

「なるほど。そうなると不思議です。鉄砲町から浅草三間町まで結構歩きました。どうして巳之助さんは、魚河岸から離れた所に住んでいるのでしょうか」

魚を仕入れるのは早朝である。それなら少しでも魚河岸に近い場所に住んだ方がいい。その分だけゆっくり眠れるのだから。

「ほほう、『知りたがりの藤七』ってのは、そういうのを訊いてくるのか」

巳之助は首を巡らして、横を歩く藤七の顔をじろっと見た。

「な、なんでしょうか」

「いやぁ、さすがに大人の男は目の付け所が違うと思ってね。感心したんだよ」

「はあ、ありがとうございます」

六つくらいの女の子の話の後なので、あまり褒められた気はしない。

「どうして俺が魚河岸から離れた浅草に住んでいるのかというと……死んだ親父のせいなんだ。やはり棒手振《ぼてふ》りの魚屋をやっていたんだよ。それが病で早くに死んじまったから俺がそのまま引き継いだんだ」

「なるほど」

多分、そういう仕事には縄張りみたいなのがあって、決まった長屋などを回っているのだろう。

「俺はたまに喧嘩っ早いなんて言われることがあるが、親父はそれ以上だった。初めは魚河岸の近くの長屋に住んでいたんだよ。ところがそこの大家と喧嘩して、追い出されちまった。それで仕方なく少し離れた場所に引っ越したら、今度はそこの住人と喧嘩して……そんなことの繰り返しだ。住む場所が魚河岸からどんどん遠くなっていき、気づいたら浅草阿部川町の今の長屋にいた」

「そこでは喧嘩しなかったのでしょうか」

「したよ。だけど店立《たなだ》てを食うまではいかなかったな。うちの大家は厳しいけど優しいんだよ。話が分かるっていうか。いろいろ文句も言うけど、最後はうまく収めちまう」

「ああ、それは素晴らしい人ですね」

もし自分が江戸の長屋に住むことがあったら、そういう大家の所がいい。

「……しかし今はその親父さんも亡くなってしまいました。それなら魚河岸の近くに引っ越してもよろしいのではありませんか」

「猫がいるから無理だな。俺が大家さんに無理を言って、長屋で飼うようになったんだ。今さら出ていけないよ」

「若いうちはいいけど、そのうち魚河岸まで行くのが辛く感じるようになるかもしれません」

「そうしたら表店の方を借りて、何かの店を始めるよ。魚の干物でも売るか。いや、それより飯屋の方が面白そうかな。料理を作るのは得意なんだ」

「へえ……」

上方で料理人の修業をしたというのは嘘だったが、それでも伯父の仁兵衛が作った飯は美味《うま》かった。

その仁兵衛亡き後は、黒松屋の料理は梅造が引き継いでいる。長く仁兵衛の下で働いてきただけあって味はさほど変わらない。お客からの評判も保っている。

だがその梅造ももう年だ。いつまで続けられるか分からない。そうなると自分か与吉が担うことになるが、二人とも料理はあまり得意ではない。まったく作れないわけではないが、やはりどうしても味は落ちる。

「ふうむ、料理か……」

「言っておくが、棒手振りの魚屋は客に頼まれて井戸端で魚を捌《さば》くことも多いからな。包丁の扱いには慣れているんだぜ」

「いえ、決して巳之助さんの腕を疑っているわけではなくて……」

とてつもなく豪快な飯を作りそうだが、それも悪くはあるまい。

「まあ、祟りを受けたような顔をしているから仕方がねぇか。これでも餓鬼《がき》の頃は弱々しくて、すげぇ泣き虫だったんだけどな……おっ、途中を曲がるつもりだったのに、喋っているうちに業平橋《なりひらばし》まで来ちまった。菊治という男がいたらしい、本所長岡町はここを右に曲がって横川《よこかわ》沿いに行った先だ」

藤七は立ち止まり、辺りをきょろきょろと見回した。今、通り抜けてきた町並みもそうだったが、この橋にも見覚えがあるような気がした。

「どうした？」

「昨日、この橋を渡ってまっすぐ行ったような……」

「ああ、そういえば川で溺れたところを助けられて、伊平次さんに皆塵堂まで連れていかれたって話だったな。しかし藤七、お前は確か日本橋の辺りで宿を探すつもりだったんだろう。それがどうしてこんな所に迷い込んじまったんだい」

「私にもよく分からないのです。ふと我に返ったら向こうの方をふらふらと歩いていて」

藤七は業平橋の先の方を指差した。

「ええと、そうすると藤七が溺《おぼ》れたのは北十間川《きたじっけんがわ》になるのかな。多分、押上橋《おしあげばし》の手前辺りだろう。伊平次さんもよくこんな方まで来たな。まったく釣り好きは分からない。まあ俺も猫を見るためならもっと遠くまで歩くから、人のことは言えないが」

巳之助が再び歩き出した。業平橋を渡らずに、その手前を右に進んでいく。藤七はもう一度、自分が溺れた方を眺めてから、首を傾げながら巳之助を追いかけた。


たどり着いた裏店はやけに古びて見えた。

部屋も狭い。棟割《むねわり》長屋が二棟並んでいるが、それぞれの間口と奥行から考えると、中にあるのはすべて九尺二間のようだ。

もしこの先、自分が江戸で暮らすことがあるとすれば、住むのはこういう裏店になるだろう。黒松屋で寝起きしている部屋も似たような広さだから、それは構わない。ただ旅籠と違って、子供の声が少しうるさく感じるかもしれない、と思いながら藤七は長屋の路地の先に目を向けた。

井戸や物干し場があって、少し広くなっている。そこで子供たちが竹とんぼを飛ばして遊んでいた。

「お爺さんが言っていたのは、この長屋みたいですね」

藤七が訊ねると、巳之助は「うむ」と頷いて路地を歩き出した。井戸端で長屋のかみさん連中が立ち話をしているので、菊治について訊きにいったに違いない。

二人はここに来る前に、やはり巳之助の猫好き仲間に会っている。横丁で一人暮らしをしている穏やかな顔をした老人で、猫を三匹飼っていた。自分が死んだら近くに住む娘が猫の世話をしてくれることになっている、亭主は大工で稼いでいるからもっと増やしてもいいかもしれない、などと言って笑っていた。

だが、こちらが菊治の名を出した途端に老人の表情は一変した。困ったような顔でうんうんと唸り続けた。

結局、爺さんは菊治のことを知っているとも知らないとも言わなかった。ただ「ここへ行って訊ねてみろ」とこの長屋のことを教えてくれただけだった。

——菊治という人がここに住んでいたってことかな。

藤七は巳之助をすぐには追いかけず、路地に立ち止まって長屋の建物をじっくりと見た。壁板などがぼろぼろになっている。建ててから三十年くらいは余裕で経っているような感じだ。

目を井戸端に向けると、かみさん連中に交ざって巳之助も立ち話をしていた。後から自分が行くと邪魔になってしまうと考え、藤七はその場に留まることにした。

井戸端にいるかみさん連中は、ほとんどが四十手前に見える。ただ、その中に一人だけ婆《ばあ》さんが交ざっていた。もし菊治のことを知っている者がいるとするなら、あの婆さんくらいのものだろうと思いながら藤七は眺めた。

しばらくすると、巳之助がその婆さんに話しかけた。いよいよ菊治について訊ねるつもりのようだ。さてどうなるか、と息を吞《の》んで見守る。

婆さんの顔つきが変わった。横丁の猫好き老人の時は困惑の表情だったが、この婆さんの顔に浮かんだのは怒りだ。巳之助を睨みつけながら、あっちへ行け、というように手を振っている。

――駄目だったか。

猫好き老人も、そしてあの婆さんも菊治を知っている。しかしその男について話す気はないようだ。

はたして菊治とはどういう人間だったのだろう。年寄りたちの様子を見ると、少なくとも好かれてはいないようだ。借金をしたせいで周りに迷惑をかけたのかもしれない。

――それだと、伯父さんが悪いということになってしまうのか。

何しろ「すっぽんの桑次郎」と呼ばれるほどだったのだ。取り立ては苛烈《かれつ》だったに違いない。例えば夜中や早朝に押しかけてきて、怒鳴ったり暴れたり……。

世話になった伯父がそんな風だったら嫌だな、と思っていると、巳之助が苦笑いを浮かべながら戻ってきた。

「駄目だ、何も聞き出せない。取り付く島もないってやつだな」

井戸端では婆さんがまだこちらを睨んでいる。

「これからどうしましょうか」

「今もいるとは思えないが、かつて菊治がここに住んでいたのは間違いなさそうだ。だから近所の年寄りを捕まえて話を聞こうかと思う。まあ、喋らないだろうけど」

「そうでしょうねぇ」

藤七は井戸端に背を向け、長屋の木戸口に向かって歩きかけた。しかし子供の泣き声が響き渡ったのですぐに立ち止まった。

振り返ると、竹とんぼで遊んでいた男の子のうちの一人が、長屋の屋根を指差しながら大泣きしていた。

「……どうやら竹とんぼが引っかかってしまったようですね」

あの婆さんや他のかみさん連中が男の子の周りに集まって宥《なだ》め始めた。しかし一向に泣きやむ気配はない。

「まったく、しょうがねぇなぁ」

巳之助が吐き捨てるように言って路地を戻っていく。

そんな怖い顔の男が近づいたら、もっとひどく泣きそうである。心配になった藤七は、今度は後についていった。

巳之助はかみさん連中を掻《か》き分けて男の子のそばに寄ると、腰を屈《かが》めて覗き込んだ。

「おら坊主、いつまでもぴぃぴぃ泣いていると、大人になった時に……俺みたいな顔になるぞ」

びっくりしただけなのか、それとも巳之助の顔になるのが嫌だったのかは分からないが、とにかく男の子は泣き止んだ。

「よし、それじゃ竹とんぼは俺が取ってやるからな。おい婆さん、どこかに梯子《はしご》はねぇか」

「そんなことをしたところで、あたしは何も喋らないよ」

「構わねぇよ。竹とんぼをこの子に渡したら俺たちは帰る」

婆さんは物干し場の奥にある厠を指差した。その裏側に梯子が立てかけてあるのが見えた。

「屋根なら私が上がりますよ。巳之助さんは下で梯子を押さえていてください」

その方がいい。巳之助だと屋根を踏み抜きそうだ。藤七は厠の方へ向かっていく巳之助を追い越した。

梯子を手にして戻ると、巳之助と男の子は物干し場から少し入った路地にいた。男の子が上を指差している。その辺りに引っかかっているということだろう。

梯子を軒先に掛け、藤七は上がり始めた。長屋と同じように古い梯子で、すべての足場の板が妙にしなるのが怖かった。もし巳之助だったら、屋根に上がる前に梯子を踏み抜いていたに違いない。やはり自分が上がることにしてよかった。

屋根の上が見えた。藤七は腰の辺りに来た所で止まり、板葺《いたぶ》きの屋根を見渡した。

「どうだ、あったか」

下で梯子を押さえている巳之助が訊いてくる。

「いえ、見つかりませ……あ、いや、ありました」

思っていたよりも高い所に竹とんぼは落ちていた。棟のすぐそばだ。

「取ってくるので待っていてください」

藤七は慎重に屋根へと上がった。もちろん踏み抜かないように垂木のある場所に乗るようにしている。足だけではなく両手もつき、這《は》い蹲《つくば》るような形でゆっくりと進む。

「取れましたよ」

ようやく棟のそばに着いて、竹とんぼを拾い上げた。下から見えないのは分かっているが、体を起こしてその竹とんぼを高く掲げる。

「おお、それなら戻ってこい。慌《あわ》てず、ゆっくりとな」

巳之助の声が聞こえてきた。しかし藤七はそれに答えることができなかった。体を起こした時に、棟の向こう側が見えたのだ。藤七が上がってきたのとは反対側の屋根の斜面である。

そこに、女がいた。軒のすぐ上の辺りだ。四つん這いになり、じっと藤七を見つめている。

まだ若そうだ。年の頃は十六か十七、あるいは十八か十九、もしかしたら二十くらい……。

黒松屋の蔵で遭《あ》った、あの女だった。

「ひっ……」

藤七の口からかすかな悲鳴が漏れた。同時に、まるでそれが合図であったかのように女が動いた。四つん這いのまま、ずざざざっ、ともの凄い速さで近づいてきたのだ。

藤七は仰天し、思わず後ろへと飛び退いてしまった。

もしいたのが地面だったら、尻餅《しりもち》をつくだけで済んだだろう。しかしここは傾斜のある屋根の上だ。藤七はぐるぐると後ろへ転がり、そのまま軒から飛び出してしまった。

――あ、俺……死んだかも。

宙を舞いながら藤七はそう思った。今度は仁兵衛や与吉に謝る暇などなかった。

四

「……結局、菊治のことは分からず仕舞《じま》いか。もう少しだったたね」

清左衛門が残念そうな顔で首を振った。

皆塵堂の座敷である。そろそろ暮れ六つなので、外はだいぶ薄暗くなっていた。

「申しわけありません。せっかくご隠居様にお待ちいただいたのに」

藤七は謝った。いったん皆塵堂を離れた清左衛門だったが、今日の首尾を聞くために戻っていたのだ。

「まあ、とにかく藤七に怪我がなくてよかったよ」

「はい。巳之助さんのお蔭でございます」

屋根から落ちた藤七は、下にいた巳之助に受け止められたのである。もちろんこの男にも怪我はない。

落ちてきたのが子供だったならともかく、大人を相手にそんなことをして、しかも両人とも無傷でいるなんて奇跡だ、と藤七は思っているが、清左衛門は気にも留めていない。巳之助ならば当然だ、という顔である。

その巳之助も一緒に座敷にいるが、話には加わっていない。鮪助が遊びに付き合ってくれないので隅の方でいじけているのだ。

もちろん峰吉も皆塵堂にいるが、そろそろ店を閉める頃なので、今は通りにはみ出した古道具を中に放り込んでいた。

「……菊治って人より、俺は女の幽霊の方が気になりますけどね。いったい何者なのだろう」

作業場で声がした。そちらを見ると、伊平次が首を傾げながら立っていた。

「おや伊平次、いたのかい」

「嫌だなあ、ご隠居。俺はずっといましたって」

「嘘だろう。たった今、釣りから帰ったところじゃないのかい」

「惜しい。もう少し前ですね。お二人が話し始めたあたりです」

伊平次は寝所にしている部屋を通り抜けて座敷に入ってきた。巳之助の様子を見て呆れたように溜め息を吐く。それから障子戸のそばに座り、煙草盆を引き寄せた。

「……なあ藤七。屋根の上の女はその後、どうなったんだ。確かめていないのかい」

「いえ、途中で竹とんぼを手から離してしまったみたいで、もう一回上がりました。巳之助さんが」

女がいたという藤七の話を聞いたために腰が引けていたが、無事に竹とんぼを拾って戻ってきた。屋根板を踏み抜くこともなかった。

「上には誰もいなかったそうです」

「ふうん。藤七は、今日はそのまま転げちまったから何も聞かなかったようだが、蔵で遭った時には、確か女の幽霊は何か言ったんじゃなかったか」

「あ、はい。『返して』と」

「やっぱり簪のことなのかなぁ」

伊平次は座敷に置きっ放しになっている三つの箱と杵を見た。まず元の持ち主を見つけることが先で、道具を返すのは後からでも構わないと考えて今日は持ち歩かなかったのだ。

「とりあえず簪だけ持って、もう一度その長屋に行ってみたらいい」

「は？」

何を言っているのだ、この人は……と思いながら藤七は伊平次を見つめた。またあの女の幽霊に遭えということか。そして、「あなたがお捜しの物はこの簪ですか」と訊けということなのか。

「まあ、お前は嫌だろうけど」

「え、ええ……」

伯父がこれらの道具を手に入れたのは二十七年以上前の話だから、元の持ち主の中にはすでに亡くなった人もいるだろうとは思っていた。その場合は親戚などを見つければいいと考えていたのだが、まさか本人が幽霊になって出てくるとは思わなかった。

それに返してほしい物が簪であるとはまだ限らない。三つの箱と杵をすべて持っていくべきだ。少し面倒だが、それはたいしたことではない。やはりあの女の幽霊に再び遭わねばならないというのが……。

　助けを求めるような目で藤七は清左衛門を見た。しかしこの年寄りも、書き付けを手にして眺めながら、「それがいいだろうね」などと呟いている。

　困ったことになった。何か他にうまい手はないものか、と藤七が必死に考えを巡らせていると「親分さんが来たよ」という峰吉の声が耳に入ってきた。

　戸口の方を見ると、峰吉の横に五十くらいの年の男が立っていた。どこかの小商いの店の主といった風貌だが、眼光だけはやけに鋭い。男はその目で、皆塵堂に置かれている雑多な古道具を眺め回している。

「おや、弥八《やはち》親分じゃないか」

　清左衛門がつっと立ち上がって作業場の方へ出ていった。伊平次も立ち上がったので同じように来客を出迎えるのかと思ったが、こちらは藤七のすぐ横に来て座り直し、小声で耳打ちしてきた。

「あれはこの辺りを縄張りにしている目明しの親分だ。いわゆる岡っ引きってやつだな。古道具屋とか質屋は盗品が流れてくることがあるから、たまに顔を出すんだよ。面倒臭いからご隠居がいる時はすべて任せてしまっている。お前も余計なことは言わなくていいから」

藤七は黙って頷いた。

弥八は店に入ってきたが、足下に転がっている古道具を気にしつつ、他の場所にも目を配っているので、なかなか進まなかった。

「これはこれは、鳴海屋のご隠居様がいらっしゃいましたか。お久しぶりでございます」

ようやく上がり框《かまち》までたどり着き、清左衛門に挨拶《あいさつ》しながら弥八は腰を下ろした。

「何かあったのかね」

清左衛門も弥八のそばに座った。どうやら例の書き付けを持ったままそこまで行ってしまったようで、それを横に置いている。

「いえ、大したことじゃないんですよ。面倒臭いだけで」

弥八はそう言いながら体を捻り、藤七たちのいる座敷を見た。

「ふむ。店主の伊平次と、ここによく来る猫好きの魚屋。それともう一人、初めて会う方がいらっしゃるようだ」

「ああ、あれは儂の知り合いだよ。用があって越ヶ谷宿から江戸に来ている、藤七という男でね。決して怪しい者じゃないよ」

藤七は軽く頭を下げた。弥八はまた「ふむ」と言って藤七をじろじろと見たが、すぐに目を清左衛門に移した。

「ご隠居様がそうおっしゃるなら信用できるのでしょう。あちらが何者かなんて気にしませんよ。今日は人捜しに来たわけではありませんので」

弥八はまた店土間の方を見た。よく目を動かす男である。

「やはり盗品を捜しているのかね」

「まあ、そうです。盗まれたというより、奪われたという感じのようですが」

「ほう。荒っぽい手口なわけだね。辻強盗といったところかな。何を奪われたのかね」

「刀ですよ。あまり詳しく話すわけにはいかないのですが、『刀狩りの男』なんて呼ばれている髭面の浪人者が江戸に出没しているらしい」

藤七は思わず腰を浮かした。しかし伊平次が軽く手を上げて制したので再び腰を落ち着け、清左衛門たちの話に黙って耳を傾けることにした。

「面白そうな話だね。ぜひ詳しく聞かせてもらいたいものだ」

「いやあ、こちらにも事情がございまして」

「親分のおかみさんは甘い物が好きだったね」

清左衛門が懐に手を入れて何かを抜き出した。しばらく手元でごそごそとした後、弥八の方へと手を伸ばす。

「これで何か買ってあげるといい」

藤七からはよく見えなかったが、財布からいくらかの金を弥八に与えたようだ。

「ありがとうございます。うちのやつも喜びますよ……ええと、刀狩りの男のことでございますね。どうして詳しく言えないかというと、そいつに刀を奪われたのがお旗本とか御家人の倅《せがれ》といった者たちだからなんですよ。いい刀を持っていると襲われるらしい。例えば先祖伝来の刀とか」

「そんな大事な刀を奪われるわけにはいかないから、襲われた方も当然、抗《あらが》うだろうね。血を見るような話になる」

「いやいや」

弥八は笑いながら首を振った。

「たいていは何もせず、言われるままに刀を差し出してしまうらしい。近頃のお武家様は腰抜け……おっと、そんな風に言ってはいけませんね。忘れてください……ええと、剣術の方はあまり得意じゃないお方が多いみたいでして」

「だがその髭面の男は違うようだ」

「その通りです。たまに刀を抜いて戦おうとする者もいるのですが、あっさりと負けてしまう。怪我すらしません。よく分からないのですが、髭面の男は自分の刀で、相手の刀を巻き取るような動きをするそうです。それだけで、ぽん、と手から刀が離れてしまう。髭面の男は落ちた刀を拾い、悠々と去っていく……そんな感じですから、あまり表沙汰《おもてざた》にはしたくないと言いますか……」

「なるほど。刀を奪われた方はいい御身分のお侍だから、体面を気にするわけだね」

「本来ならお旗本や御家人に関わることは私の仕事ではありません。町奉行所でもない。しかし秘密裏に刀を取り戻したいという相談が上の方であって、そこからお奉行様、私が世話になっている同心の旦那、といった風に話が降りてきて……」

「こうして弥八親分が古道具屋巡りをしているというわけか。面倒なことだね」

「まったくです」

弥八は話している間もずっと店の中を見回していたが、振り向いて座敷にいる伊平次に声をかけた。

「皆塵堂に最近入ってきたという刀はないかな」

「ついこの間、とある商家の蔵から出てきた刀を扱いましたけどね。もう売れました。買っていったのは身なりのこざっぱりした若いお侍でしたし、その刀も蔵の中に長く仕舞い込まれたままになっていたっていう物ですから……」

「それなら違うな。まあ髭面の男も、もし刀を売るとしたら皆塵堂ではなく、もっと高く引き取ってくれそうな店に持っていくだろう。それではご隠居様も他の皆さんも、この件は言い触らさないようにお願いしますよ」

弥八は立ち上がった。帰るようなので藤七は座敷から弥八に向かって軽く頭を下げた。

ところが顔を上げてみると、まだそこに弥八がいた。眉をひそめながら清左衛門の横の床に目を向けている。例の書き付けを見ているようだ。

「どうかしたのかね」

清左衛門が訊ねると、弥八は再び腰を下ろした。

「知っている名前が書かれていたから驚いたんですよ。私は若い時に本所の親分に世話になっていたんです。今はその親分も亡くなりましたが、その頃に関わった騒動の中に、その紙にある名の男がいましてね」

「本所、ということは……」

清左衛門は書き付けを拾い上げた。

「……本所長岡町の菊治だね」

「ええ、そうです。しかしかなり昔の話だから違う人でしょう」

「どれくらい前なのかね」

「ええと……三十年まではいかないかな。二十七、八年前ってところですかね」

亡き仁兵衛が黒松屋を開いてから、今年で二十七年目である。越ヶ谷宿に帰る直前の、まだ江戸にいる頃に起こった事件ということになる。書き付けにある菊治は、弥八が言っている男と同じ人物と考えて間違いあるまい。

「随分《ずいぶん》と前の話だね」

「ええ。それに私の言っている菊治は、その時に殺されていますし」

藤七の口から思わず「えっ？」という声が漏れてしまった。菊治が死んでいたことに驚いたのはもちろんだが、それならなぜ女の幽霊が出てきたのだ、という困惑もあった。まさかあの幽霊は、男？

「ふむ、穏やかではない話だ。殺されたのは一人だけなのかね。例えば一緒に女も殺されたとかだったら、ますます怖くなるが」

どうやら清左衛門も同じことを思ったようだ。

「いや、殺されたのは菊治だけですよ」

「どんな男だったのかね、その菊治は」

「賭場に出入りしていた遊び人です。私は死体を見ていますが、悪そうな顔をした男でしたよ。よほどあちこちで喧嘩をしてきたと見えて、眉の横とか顎などに古い傷痕がいくつも残っていましてね」

それなら女の幽霊とは別人である。年の頃は分からないが、女が綺麗な顔をしていたのは確かだ。蔵で遭った時に間近で見たのだから、それは自信がある。

「……しかし、どうしてご隠居様はそんなに詳しく聞きたがるんですかい」

弥八は訝《いぶか》しげな顔で清左衛門を見た。怪しく感じているようだ。

いっそのこと弥八にすべてを話し、道具の元の持ち主捜しを手伝ってもらった方がいいのではないか。藤七はそう考えて弥八に声をかけようとしたが、その前に伊平次が耳打ちしてきた。

「岡っ引きに関わると後で面倒なことになるんだよ。大金を要求されたりしてね。だからご隠居に任せておけ。あの人ならわずかな金でうまくやるから」

「はあ……」

本当にそれでいいのだろうか。心配しながら見守っていると、清左衛門が涼しい顔で口を開いた。

「座敷にいる藤七は越ヶ谷宿にある旅籠で働いていてね。逗留《とうりゅう》されたお客の中に、たまに忘れ物をしていく人がいるらしいんだよ。それを届けるために江戸に来たんだが、宿帳を適当に写してしまってね。このように名前と町名だけしか書かなかったから困っていたんだよ」

藤七は感心した。さすが鳴海屋のご隠居様だ。嘘が上手《うま》い。

「ふうん、そうですかい。それなら何か力になってやりたいが、私の知っている菊治とは別人だし……」

弥八は書き付けにある他の者にも目を通した。

「……あいにく私はこの深川の辺りと、せいぜい本所にしか詳しくないので、お役には立てないようです。それではご隠居様も他の皆様も、刀の件はどうかご内聞に」

再び立ち上がろうとする弥八を清左衛門が手を伸ばして止めた。

「待ちなさい。先ほどの菊治の事件をもう少し聞かせてもらうわけにはいかないのかね。殺された、なんて言われたらどうしても興味が出てしまう」

「いやあ、事情があって話せないのですよ」

「親分は手下として若い者を何人か使っていたね」

清左衛門がまた懐をごそごそと探り始めた。

「若い者はすぐに腹を空かせるから大変だろう。これで何か食わせてやりなさい」

「ありがとうございます。連中も喜びますよ……ええと、菊治の一件でしたね。三十年近くも前の出来事ですが、今もまだその親が生きていなさるんで、どうか他所で漏らさないようお願いします」

「ふむ。もちろんだ。子供を殺された可哀想な親御さんの耳に入らないよう気をつけるよ」

「ああ、別に菊治のことはいいんですよ。ただ、同時に失った妹さんのことがありますので……」

妹、ということはもちろん女だ。藤七は身を乗り出して聞き耳を立てた。

「……それと、もう亡くなっていますが、私が世話になった本所の親分の名誉もある。これは『下手人が分からなかったことにした』事件でございまして」

「ほう。つまり菊治を殺した者が誰であるか知っているのに、わざと知らないふりをしたということかね」

「まあ、そういうことです。まず菊治のことからお話しします。先ほど言ったように遊び人です。昼間から酒を飲み、夜は賭場に出入りして博奕を打つ。そういう男でした。仕事は碌にしていないので、かなり借金があったようです」

多分その取り立てをしたのは仁兵衛、つまり「すっぽんの桑次郎」だろう。

「それでも金が足りなくなった時は、菊治は実家に押しかけて、金を盗ったり物を売り払ったりしたらしい。周りの者には信州《しんしゅう》の方の出だと嘘をついていましたが、実家はすぐそこの寺裏にあったんです。とうに勘当されていたんですけどね。父親がいない時に行ったようだ」

寺裏というのは皆塵堂がある亀久町の隣の冬木町《ふゆきちょう》のことだ、と伊平次が耳打ちした。

「この菊治には妹がいました。お条《くめ》、という名で年は十八です」

ああ、十八なのか。自分が見立てた年のちょうど真ん中あたりだ。これは正しかったということでいいだろうと藤七は思った。

「お条には、いずれ夫婦《めおと》になろうと約束を交わした男がいました。駆け出しの錺《かざり》職人です。お条と出会った頃はまだ親方の許で修業をしていましたが、その頃にやっと独立しましてね。一人暮らしを始めた部屋で、お条へ贈る簪を最初に作ったそうです。まあ、まだ若くて金がないから安い銀流しの簪だったようですが、それでもお条は喜んだらしい。貰った時に一度挿しただけで、あとは家の箪笥に大事に仕舞っていたみたいです。ところが菊治がそれを持ち出して売り払ってしまった」

藤七は座敷の隅に置かれている箱を見た。あの中にある簪は、弥八が喋っているのと同じ物と考えてほぼ間違いあるまい。

それがどういう経緯《いきさつ》で仁兵衛の手に渡ったのだろう。菊治が売り払う前に、借金の形として巻き上げた、というのは十分に考えられる。しかし、それならなぜ仁兵衛は金に換えずに手元に残し続けていたのか。分からないことばかりだ。

「ある晩のことです。長岡町の裏店にある菊治の部屋で言い争うような声がしたのを長屋の住人が聞きました。前から素性のよくない者が出入りしていた部屋で、夜中に騒ぐようなことも多く、近所の者は『またか』くらいに考えていたそうです。ところが翌朝、部屋で菊治の死体が見つかった。匕首《あいくち》が部屋に転がっていましたが、これは菊治自身が持ち歩いていた物でした」

「ふむ。部屋には菊治の死体しかなかったのかね」

「はい。他には誰もいませんでした。それで町奉行所のお役人が呼ばれ、その下で本所の親分が調べを進めたのですが、下手人の見当がまったくつきません。菊治と付き合いのあるやつらがみんな怪しいのです。真っ当な生き方をしていない者ばかりで。まあ、菊治本人がそういう連中のうちの一人でしたけどね。本所の親分が世話になっていた同心の旦那も『人でなしが一匹減っただけだから、別にいいんじゃないか』みたいな感じで、あまり熱心に動こうとはしませんでしたし」

「菊治のやつも気の毒に……とは思わないな。自業自得だ」

「まったくです。それで本所の親分も手詰まりになったのですが……そんなところに深川の親分が訪ねてきました。皆塵堂がある、この辺りを縄張りにしている親分です。今は私が引き継いでいますから、先代になります。冬木町の家でお条が首を括《くく》って死んでいましてね。先代の親分はその件でやってきたのです」

「ほう、菊治の妹さんが……」

「自害したのは間違いないのですが、なぜそんなことをしたのかは分からなかった。それで気になった先代の親分はいろいろと調べ回ったらしい。先ほどの夫婦約束をした錺職人のことなども、その時に知った話です。先代の親分はお条に菊治という兄がいたことまでたどり着きましてね。それで本所を訪ねてきたのですよ」

「びっくりしただろうね、菊治が殺されていて」

「ええ。本所で人殺しがあったのは聞いていたようですが、まさかお条の兄だとは思っていなかったみたいで。本所と深川のそれぞれの親分は、お互いが知っていることを出して話し合ったのですが……その結果、菊治のやつはお条に殺されたのではないか、という結論になりました」

「ううむ、それは……」

峰吉が近づいてきたので清左衛門は途中で言葉を止めた。外はまだ明るさが残っているが、皆塵堂の中はだいぶ暗くなっている。それで峰吉は作業場の隅にある行灯《あんどん》に火を入れに来たのだ。

峰吉はその後、藤七たちがいる座敷の行灯も点《つ》けてから、店仕舞いの仕事に戻っていった。それを見届けてから清左衛門は話の続きを始めた。

「……簪を取り返しに行ったが、もう売り払われた後だったから、ということかね」

「これまでに積もり積もったものが簪をきっかけに噴き出したというところでしょうね。それと、こんな兄がいてはとても錺職人とは一緒になれない、という思いもあったみたいです。必ず迷惑をかけるでしょうから。お条には仲のいい友人がいましてね、その辺りの思いを吐き出していたんですよ。先代の深川の親分は、この友人からお条に兄がいることを聞いたのです」

「しかしそれで兄を殺すとは思えないのだが」

「もちろんお条にその気はなかったでしょう。残されていたのは菊治の匕首ですから。ただ話をするためだけに菊治の許を訪れたのだと思います。しかしそれがこじれて、菊治の方が匕首を持ち出した。そして揉《も》み合っているうちに匕首が菊治に刺さってしまった。そういうことではないか、と親分たちは考えました」

「いや、どうかな。まだお条の仕業だと決めつけるには弱いというか……」

「実はその晩、菊治の長屋の住人の中にお条を見た者がいましてね。竪川《たてかわ》に架《か》かる三《み》ツ目之橋《めのはし》を小走りで渡っていく若い娘とすれ違ったのです。その住人……四十手前くらいの女でしたが、深川にある料理屋で働いていて帰るのがいつも遅いらしいのですよ。そのことは本所の親分も聞いていたのですが、菊治が遊び歩いているのは本所の中之郷《なかのごう》など反対側の方だったので、関わりはないと考えていたのです。身なりもちゃんとしていて、真っ当な感じの娘だということでしたから」

「若い娘というだけで、それがお条だとは……」

「まだ葬られる前でしたので、その四十手前の女を連れていってお条の死体を見せました。確かにこの娘だったと言いましたよ。それに、残されていたお条の着物に血もついていました」

「む……」

清左衛門は黙り込んでしまった。

「菊治を殺したのはお条であると考えてほぼ間違いないでしょう。ですがそのお条は自ら命を絶った。それならもうこれ以上つつく必要はないのでは、と親分たちは考えて『下手人が分からなかったことにした』のです。お条を見た女にも固く口止めしました。その頃で四十手前でしたから、もし生きていれば七十近くになっているでしょう」

長岡町の長屋で会った、あの婆さんだろうと藤七は思った。

「長屋のその他の住人や近所の者たちにも、菊治の件はもう口にしないように、と本所の親分は頼んで回りました。中には薄々ながら真相に気づいた者がいるかもしれませんが、みんな今でも約束を守って、何も語らないようにしているみたいです。それなのに親分の世話になった私がこうして話してしまいました。ご隠居様も他の皆様も、本当に他所に漏らさないようお願いしますよ。ああ、もちろん刀の件もです。それでは、私はこれで。すっかり遅くなってしまったな」

弥八は立ち上がり、今度こそ皆塵堂を出ていった。

藤七は箱に近寄って蓋を開けた。布を開いて簪を手に取る。結局、どうしてこれが伯父の手元に残ったままになっているのかまでは分からなかった。

「冬木町はすぐそこだから、明日の朝にでもお条さんの親を捜しに行き、渡すのがいいだろうな」

伊平次が横から覗き込みながら言った。

「はい。そうするのが一番でしょう」

それでこの簪については終わりだ。与吉から頼まれたことを、まずは一つ果たせたことになる。

「あまりすっきりした顔ではないな。やはりお粂さんのことがあるからか」

「ええ、まあ……」

それと、伯父の仁兵衛のことである。黒松屋で働かせてもらうなど、自分は恩を受けている。厳しい人ではあったが、情に篤《あつ》い人でもあったように思う。その仁兵衛が江戸ではこのような簪まで巻き上げるような取り立て屋だったとは、俄《にわ》かには信じられない。

――もちろんお粂のことは知らずに菊治から奪ったのだろうが……。

それでもやはり容赦《ようしゃ》のなさ、冷酷さのようなものを感じる。だからこそ、すっぽんの粂次郎と呼ばれるまでになったということか。

苦々しい思いを胸に抱きながら、藤七は簪を箱に戻した。

「さて、すっかり遅くなってしまったね」

清左衛門が座敷に入ってきた。こちらもあまり面白くなさそうな顔をしている。

「お粂さんの気の毒な話を聞く羽目になってしまったが、お蔭で簪については片付きそうだ。藤七は明日からも残りの道具の元の持ち主捜しを続けなければならない。凹《へこ》んでなどいられないよ。気分を変えるために、今夜の晩飯は儂が美味い物を奢《おご》ってやろう」

　どどどどっ、と大きな足音を立てて峰吉が座敷に飛び込んできた。

「鰻《うなぎ》っ、ご隠居様、鰻にしましょう」

　どうやらこの小僧は鰻が好物のようだ。

「ううむ、鰻は出てくるまでに間があるからな。まあ、いずれそれも食いに連れていってやるが、今日のところは千石屋《せんごくや》にしようじゃないか。巳之助が酒に酔って暴れても、あそこなら無理が利くからね」

　清左衛門は藤七の方に顔を向け、知り合いがやっている料理屋だよ、と説明した。

「ううん、まあ仕方ないかな」

　峰吉はにこにこしている。鰻もそのうち食えることになったからだろう。機嫌が良さそうだ。

　それなら今のうちに謝っておこうと藤七は思った。

「なあ峰吉。昼間はすまなかったな」

「何のこと？」

「峰吉の父親の話などを、いろいろと聞いてしまったことだよ。あまり思い出したくない話だっただろうから。どうも餓鬼の頃から、知りたいと思ったら止まらないんだよ。本当に申しわけなかった」

「別においら気にしてないよ。『知りたがりの藤七』なんだから仕方ないよね。藤七さんはそれでいいとおいらは思うよ」

「そ、そうか」

取っ付きづらいところのある小僧だと思ったが、話してみると優しいではないか。藤七は峰吉のことを見直した。

「うん、それにおいら、ついこの間『死にたがりの若旦那』なんて人に会ったからね。それと比べると『知りたがりの藤七』なんて可愛いものだよ」

「……は？」

「それじゃご隠居様、おいら先に千石屋に行って、後からみんなが来ることを伝えておくよ」

峰吉は素早く座敷から出ていくと、作業場から店土間に下り、戸口へと向かった。

「ちょ、ちょっと待ってくれよ、峰吉。死にたがりの若旦那についてもう少し詳しく……」

何も答えずに峰吉は戸口の向こうへと姿を消した。

あの小僧は、わざと知りたくなるようなことを言い残して出ていったに違いない。

やはり昼間のことがまだ気に障っているのだろう。

「……それにしても、死にたがりの若旦那って何だ?」

戸口の方を見つめたまま藤七は呟いた。

債鬼の姿

一

黒松屋を出立《しゅったつ》した日も数えると、藤七が江戸に来て今日で三日目である。

まずは朝から冬木町に行って簪《かんざし》の件を片付け、余裕があれば昨日は行けなかった「芝森元町　佐治平」について調べに行く。昼過ぎにまた巳之助が来ることになっているので佐治平を捜《さが》すのはそれからでもいいのだが、できれば早めに終わらせて昨日訪れた鉄砲町と浅草三間町へ再び行き、猫好き仲間たちの首尾を聞いておきたい。どこまでできるかは分からないが、とにかく今日は忙しくなるぞ……と藤七は考えていた。

ところがそろそろ昼になるという今の今まで、藤七はずっと皆塵堂にいる。冬木町に向かおうと腰を上げかけたところで清左衛門がやってきたからである。この老人は出掛けようとする藤七を押しとどめ、店土間にある木の品物についての話をし始めたのだ。

お蔭《かげ》で板目《いため》と柾目《まさめ》の違いについてよく分かった。柾目は木の中心辺りから取れる板に見られる木目で、美しく整っている。板目は中心を外して挽《ひ》くので、木目に山や波の形が現れる。一本の丸太から取れる量は板目の方が多いので値が安く、柾目の方が高い。

清左衛門は杢《もく》という、板目や柾目とは異なる複雑な模様の木目のことも教えてくれた。模様の出方によって玉杢《たまもく》や縮《ちぢ》み杢《もく》、鳥眼杢《ちょうがんもく》、虎斑《とらふ》など、さまざまな呼び名があるらしい。もちろん数は少ないので珍重される。

それらを踏まえた上で、清左衛門は皆塵堂の壁際《かべぎわ》に並んでいる箪笥《たんす》について語り出した。そこにあったのは欅《けやき》、桐、杉で作られた物だったが、木目の違いが分かっているると聞いていて面白かった。自分の好みはやはりすっきりした柾目の桐箪笥だな、と藤七は思った。

続いて清左衛門は、店先に積まれているさまざまな種類の桶《おけ》や盥《たらい》などについて喋《しゃべ》った。そういう物は杉か檜《ひのき》が多いと藤七は思っていたが、椹《さわら》という木もよく使われているそうだ。檜と違って香りが少ないので、飯台《はんだい》や飯櫃《めしびつ》のような味に関わる物はこの椹がいいと清左衛門は嬉々《きき》として語った。

もちろんそれで終わりではない。店に木で作られている物が転がっていると、清左衛門はそれをいちいち拾い上げては、一つ一つ説明していった。藤七はありがたく拝聴したが、さすがに長くなったので疲れを感じた。

「……どうしたのだね。儂《わし》の話はつまらないか」

「ああ、いえ、面白く聞かせていただいております」

「ふむ。さすがは『知りたがりの藤七』だ。簪の件も芝森元町のことも気にしなくてよくなったのだから、巳之助が来るまでじっくり話してあげるよ」

冬木町へは代わりに伊平次が行ってくれている。清左衛門が、藤七より土地に詳《くわ》しいのだからお前が行け、と命じたからだった。

それに清左衛門は、鳴海屋に出入りしている職人から佐治平についても聞き込んでいた。そういう名の指物師《さしものし》がかつて芝森元町にいたが、そこから引っ越して、今は神田松枝町《まつがえちょう》に住んでいるという。もう年は七十近いが、まだ仕事を続けているらしい。鉄砲町からやや北の辺りにある町ということで、そこへは巳之助が来てから一緒に行けばいい、という話になっている。

「……まあ、それでも少し休みを入れた方がいいかな。峰吉、ちょっと裏の長屋の飯《めし》炊《た》き婆《ばあ》さんの所へ行って、茶を淹《い》れてもらってきてくれないか」

清左衛門は作業場に上がりながら峰吉に頼んだ。小僧は相も変わらず壊れた古道具の修繕《しゅうぜん》をしていたが、聞くとすぐに立ち上がって、素早く店から出ていった。清左衛門は座敷まで行って腰を下ろした。藤七も続いて座敷に入り、清左衛門の前に座った。

老人の目は床の間の方に向いている。そこには鮪助《しびすけ》が寝ていたが、どうも清左衛門が見ているのは猫ではないようだと藤七は感じた。きっと床の間に使われている木について語るつもりなのだろう。

その前にこちらから喋り出した方がいい。そう考えて藤七は口を開いた。

「ご隠居様。あまり一度にいろいろな木の名前を出されますと、私の頭が追いつきません。少しの間、話を変えましょう。皆塵堂について不思議に思ったことがあるので、お訊《たず》ねしたいのです」

朝飯を食べる前に、藤七はこの辺りを軽く歩いてみた。その時に奇妙に感じたことがあった。

「どうして裏の蔵が母屋に突っ込んだようになっているのか、ということだろう」

「あ、ああ……それもあります」

「初めて皆塵堂に来た者はたいていそれを気にするのだが、大したことではないよ。昔は別に建っていたんだ。ええと、この座敷で幸右衛門さんとそのおかみさんが押し込みに殺されたという話を昨日しただろう。その前から何度も蔵へ盗みに入り込まれていてね。腹が立ったから建て増しをして母屋とくっつけ、家の中からしか行けないようにしたんだよ。後から考えると、そんなことはしない方がよかったんだが」

「なるほど」

それが徒《あだ》となって、幸右衛門たちは押し込みに遭《あ》う羽目になったということだろう。

「……皆塵堂に台所の土間がないのも、その時にやったのでしょうか」

「ほう、よく気づいたね。そのことを言った者はこれまでいなかったな。確かにその通りだよ。店土間とは反対の、ちょうどこの床の間の向こう側に竈《かまど》があったんだ。裏口の横だな。しかし蔵とくっつけた時にそこに板を張って、作業場から回れるようにしたんだよ。これについては幸右衛門さんに感謝している。お蔭で伊平次たちが料理をせずに済んでいるからね。前に一度、七輪《しちりん》などを使って伊平次と峰吉が飯を作ったことがあるんだが、酷《ひど》かったよ。お裾《すそ》分《わ》けとか言ってご近所にも配ったんだが、あまりの不味《まず》さにちょっとした騒ぎになった」

「へえ……」

さすがにこれは藤七も、味を知りたいとは思わなかった。

「……皆塵堂の建物についてもう一つ。これが最も不思議に思ったことなのですが、ここも一応、長屋の表店《おもてだな》ということになりますよね。それなのにどうして隣の米屋さんと棟続きではなく。一軒だけ平屋なのでしょうか」

「ほほう」

清左衛門は感心したような目で藤七を見た。

「それもあまり聞かれた覚えはない。知りたがりと呼ばれているだけのことはあるな。実はね、ここは昔、空き地だったんだ。隣の米屋とか、裏手にある桶屋が物を置くのに使っていた。そこに幸右衛門さんがやってきて、上に自分で建物を作るから土地を貸してくれと言ったんだよ。つまり地借りだね。江戸にはそういう者も多い。もっとも幸右衛門さんが亡くなった後で儂が建物を買い取ったから、長屋の他の家と同様、今はすべて儂の持ち物だけどね」

「ふうむ。そこでまた分からないことが。ご隠居様は地主さんということでよろしいのでしょうか。大家さんとは違うということでございますね」

「地主か家主だろうね。土地も家屋も持っているから。家持《いえもち》という言葉もあるが、これは居付地主とも言って、家主が同じ場所に住んでいるんだ。儂の場合は木場《きば》に家があって、ここには長屋の仕事をしてくれる人を置いている。これが大家とか差配人と呼ばれる者だ。その大家が店賃《たなちん》を集めて、地主である儂の許に持ってくる。そこから儂は自分の取り分を引いて、残りを大家に渡しているのだが……」

清左衛門の表情が苦々しいものに変わった。

ちょうど峰吉が茶を持って座敷に入ってきたので、そこでいったん話が止まった。

藤七は峰吉から盆を受け取り、茶托《ちゃたく》に載った湯呑《ゆの》みを清左衛門の前に置いた。もしかしたらこの茶托に使われている木について喋り出すかもしれないと思ったが、顔を上げるとまだ老人は苦い顔をしていた。茶托を気にしている様子はない。

「……ところがこの皆塵堂だけは別なんだ。幸右衛門さんが死んだ後で、なかなか新たな住人が居着かなかったので、儂が伊平次に頼んで住んでもらっている。それもあって、店賃をあまり払おうとしないんだ。たまには出すけれどね。だからたいていの月は、足りない分を儂が立て替えて大家の許に持っていくんだよ」

なるほど、苦い表情の意味が分かった。しかしまた腑《ふ》に落ちない点が出た。

「その金を大家さんがまたご隠居様の所に持っていくということでしょうか。そんな面倒なことはせずに、初めから皆塵堂の分は引いておけばいいと思うのですが」

「それだと他の住人に悪いだろう」

「はあ、そうですかね……」

　無駄に律義な地主である。

「……もし江戸に住むとしたら、どれくらい店賃がかかるのでしょうか」

「それは長屋によるし、部屋の広さでも変わってくる。狭くて汚い所でいいなら、探せば月に二百文とかで借りられる部屋もあるかもしれないね。うちの場合も広さで違うが、裏店《うらだな》なら五百文から、表店なら一分二朱からだな」

「はあ、それくらいですか」

　思っていたよりも高い。

「言っておくが、支払うのは店賃だけではないよ。初めて店借りをした時には樽代《たるだい》というのを渡さなければならない。それから節句銭《せっくせん》というのもある。これは五節句に家主へ渡す付け届けみたいなものだ」

「ひえぇ」

　正月七日の人日《じんじつ》、三月三日の上巳《じょうし》、五月五日の端午《たんご》、七月七日の七夕《しちせき》、九月九日の重陽《ちょうよう》と、年に五回も月々の店賃とは別に金を支払わねばならないのか。それは大変すぎる。

「平気だよ。俺はそんなもの払ったことないから」

藤七が顔をしかめていると、作業場の方から峰吉のものではない声が聞こえた。そちらに目を向けると、伊平次が上がってくるところだった。

「節句銭か。そういうものがあったことすら忘れていた」

「お前はまず、月々の店賃をしっかり払うことから始めないといけないよ」

「ご隠居のおっしゃる通りだ。返す言葉もございません」

そう言いながらも伊平次にはまったく気にかけている様子が見えない。何食わぬ顔で座敷に腰を下ろすと、煙草盆《たばこ》を引き寄せて煙管《キセル》に葉煙草を詰め始めた。

「……ああ、そうそう。藤七、簪の件は済んだよ。無事にお条《くめ》さんの親に渡せた。もちろんその前にお条さんと夫婦《めおと》約束を交わしていた錺職人《かざり》に会って、間違いなくその時の簪だと確かめている。その錺職人はもう別の女と一緒になっていて、子供も三人いるそうだが、それでも簪を見せると涙を流していた。苦いことを思い出させちまって悪いことをしたかもな」

「ありがとうございます。本来なら私がしなければいけないことなのに」

「いや、これは俺が代わりにできることだから別に構わないよ。藤七はご隠居の話を聞いてやればいい。そっちは他の誰にもできないことだ」

「はあ」

清左衛門を見ると、苦虫を噛《か》み潰《つぶ》したような顔で茶を啜《すす》っていた。

「……いえ、ご隠居様のお話は本当に面白いと感じました。しかし私はこうして、ただで皆塵堂に泊めてもらい、飯までいただいております。その上さらに伊平次さんに手伝っていただくというのは何とも心苦しくて……」

「今の俺の話、聞いていなかったのかい。藤七はご隠居の木の話を聞いてくれる。それだけで十分なんだよ。こちらから手間賃を支払ってもいいくらいだ。まあ俺は金がないから出さないけどね。その代わり、お前が持ってきた道具はすべて元の持ち主を見つけてやるよ。無理やり太一郎を動かせば何とかなるだろう」

それでは太一郎に申しわけないと藤七は思った。まだ会ったことはないが。

「ところで藤七は、ご隠居に店賃のことを詳《くわ》しく訊《き》いていたが、江戸にでも出てくる気なのかい」

「いえ、そのようなことは決して……先代の主《あるじ》の仁兵衛が亡くなったばかりですので、私は与吉さんを支えながら黒松屋を守り立てていかねばなりません」

「ふうん。昨日、千石屋で晩飯を食っていた時に、出てくる料理を気にしているようだったからさ。江戸でそっちの方の修業でもしたいのかと思った」

藤七は少しどきりとした。確かにそういう考えも頭の片隅にないわけではない。今、黒松屋でお客に出す料理を担っているのは梅造だが、年はもう六十近くになっている。この男が元気なうちに自分はいったん越ヶ谷宿を離れ、どこかで料理を習い覚えた方がいいのではないか。先々を考えるとその方がいずれは黒松屋のためになるのではないか。そう思うことはある。しかし……。

「私ももう二十二です。さすがに今から修業するなんて無理があります」

「そうかねぇ。まだ十分に若いし、本人にやる気さえあれば年なんかどうでもいいと思うけどな」

伊平次は、ふうっ、と煙草の煙を吐き出すと、あくびをしながら大きく伸びをした。

藤七はそんな伊平次を、よく分からない人だ、と思いながら眺《なが》めた。溺《おぼ》れた自分を皆塵堂まで運んでくれたり、医者を呼んでくれたりしたので、初めは善意の人だと感じた。しかし店を小僧に任せて釣りに行ってしまったり、店賃を碌《ろく》に払っていなかったりすることを考えると、決して悪人ではないが、かなりいい加減で呑気《のんき》に生きているだけの人のように思えてくる。ところがその一方で、今のように料理屋での自分の様子に気づいていたりする。まったく捉えどころがない。

「さて、一休みは終わりだ。さあ藤七、木の話の続きを始めようじゃないか」

清左衛門が湯呑みを茶托の上に置いて立ち上がった。

「裏の蔵へ続く廊下に、まだ見せていない文机《ふづくえ》があったことを思い出したんだ。栓木《せんのき》で作られていてね。これは木目が欅に似ていて……」

「鳴海屋のご隠居、昨日はどうもご馳走様でした。それで、簪の件はどうなったんですかい」

大きな声とともに、大きな体をした男が皆塵堂に入ってきた。

「……こら巳之助。お前、来るのが早すぎるよ」

「藤七を連れて江戸を歩き回らなきゃなりませんし、その前に簪のことも聞いておかないと、と思ったので急いで魚を売りさばいたんですよ。それから昨日行った浅草三間町と鉄砲町の猫好き仲間の所へも回ってきました。何か聞き込んでいないかと思いましてね。そうしたらどうだ。なんと書き付けにある徳左という男のことが分かったんです。浅草三間町に二十年くらい前まで住んでいましてね。その後、豊島町《としまちよう》に移ったらしい。そこで筆や硯《すずり》を扱っている小さな店をやっているそうです。それを早くお知らせしたくて、ここまで駆けてきたんですよ。ご隠居、どうぞ遠慮なく褒《ほ》めてください」

「相変わらず無駄に丈夫だね、お前は」

はあ、と大きな溜《た》め息《いき》を吐《つ》くと、清左衛門は座り込んだ。再び湯呑みを手にし、残った茶を啜り込んでいる。背中が丸まっているのが何とも物悲しかった。

「今日は箱や杵《きね》を持ち歩いた方がいいと思うぞ」

伊平次が灰吹きに煙管の雁首《がんくび》を叩《たた》きつけながら言った。

「それから、峰吉も連れていってくれ。修繕する古道具がなくなって、手持ち無沙汰《ぶさた》のようだから」

作業場を見ると、伊平次の言うように峰吉がつまらなそうに突っ立っていた。だったら少しは店を片付ければいいのに、それはしないらしい。

「簪の件は俺が道々、話してやるよ。じゃあ巳之助、行くとするか」

伊平次が座敷を出ていった。いつの間にか手に釣《つ》り竿《ざお》が握られている。

峰吉が店土間に下り、巳之助と一緒に戸口から出ていった。そのすぐ後に伊平次が
藤七は箱や杵を包んだ風呂敷包みを背負い、急いで先に行った三人を追いかけた。

どうやらこの後の店番は清左衛門がするらしい。それでいいのだろうか、と藤七は

少し首を傾げた。

二

藤七と巳之助、峰吉、そして伊平次の四人は両国橋《りょうごくばし》を渡った。

「これまでに元の持ち主が分かったのは簪だけか」

橋を渡り終えた辺りで巳之助が呟《つぶや》いた。すでに簪の件がどうなったかは伝えてある。

「藤七が江戸に来て今日で三日目。残っているのは煙草《たばこ》入れと印籠《いんろう》、指物師の物らしき道具の数々、それと杵か。うまくすれば今日で指物の道具は片付く。藤七は七日目の朝には越ヶ谷宿に出立《しゅったつ》しなければならないが……これならなんとかいけそうですかね、伊平次さん」

「いや、できれば刀の件もどうにかしたいんだよな。そうなるとちょっと厳しいかもな」

伊平次は考え込むように腕を組み、首を傾げた。そのままの姿勢で両国広小路の人混みの中をすたすたと歩いていく。よくぶつからずに進めるものだと藤七は感心した。自分には無理だ。

「結局、太一郎に頼ることになりそうだ。しかしあいつは今、寝込んでいる。それを治す方法はただ一つ、なんだろうなぁ」

伊平次は立ち止まると、巳之助の顔を見た。

「すまんが明日からは藤七に付き合わず、鬼猫長屋で生まれた子猫の引き取り手を探してくれないか。そうしないと太一郎はいつまでも動けないだろう」

「そりゃ構いませんよ。すでに何匹かは貰《もら》ってくれるという人を見つけているんです。ただ、まだ小さいからうちの長屋に置いているだけでしてね。しかしそろそろ他所《よそ》にやってもいい頃でしょう。残りはあと四匹……いや五匹か」

「なんだ、それならすぐじゃないか」

「いやあ、信用できる人じゃないと駄目ですからね。なかなか難しい」

「巳之助なら見つかるさ。それじゃ俺はここで別れるから」

伊平次は軽く手を上げると、左の方へと曲がった。

「あれ、一緒に豊島町へ行くんじゃないんですかい」

「いや、俺は田所町へ向かうよ。それと長谷川町だな。簪の件はもういいと告げるためにね」

藤七は立ち止まり、伊平次を見送りながら首を傾げた。長谷川町は分かる。小間物《こまもの》屋《や》の大黒屋がある町だ。昨日、自分と巳之助はその店を訪れて、簪や煙草入れ、印籠について調べてもらうよう頼んでいる。そのうちの簪の一件はもう済んだと教えに行ったに違いない。

分からないのは田所町の方である。この町名は昨日か今日、耳にしている。ただどこで誰が言ったのかは思い出せない。

「……宮越先生だよ」

峰吉がぼそりと呟いた。

「あ、そうか」

刀を駄目にしてしまうという呪《のろ》いにかかった宮越礼蔵という浪人の話の中で出てきた町だ。礼蔵は今そこで、子供たちに手習《てならい》を教えているということだった。

「……峰吉、お前も勘がいいな。俺の考えが分かるなんて」

察しがいいと言うべきだろうか。峰吉だけじゃなく、伊平次や清左衛門も人の顔色を読むのに長《た》けている気がする。

「そんな勘なら別にいらないよ。お客が何を欲しがっているか、本当に買う気があるのか、懐《ふところ》具合はどうなのか、といったことに勘が働くならいいけどさ」

峰吉は不満そうな顔で歩き始めた。

「藤七さんの方こそ、鳴海屋のご隠居様から勘がいいと褒められていなかったっけ。おいらの話を訊いた時に」

「いやあれは、たまたまその時に気になったのが峰吉のことだっただけで……あっ、思い出した。峰吉、『死にたがりの若旦那』について詳しく教えてくれよ。ずっと知りたかったんだ」

「別に大した話じゃないよ。死神に取り憑かれた若旦那がいてね。死にたい、死にたいって言ってたんだ。おいらたち、その人が生きる気力を取り戻すような物をいろいろと持ち寄って励ましたんだよ。そうしたら、なんか大黒屋の茂蔵さんが持ってきた枕絵を見て元気になったみたい」

「は？」

枕絵は男女の情交を描いた絵で、春画とも言う。嫁入り道具に使われることもあるらしい。そんな物を見て元気になったということは……。

それは「死にたがりの若旦那」ではなく、ただの「助平な若旦那」なのでは？

「ちょっと峰吉、もう少しその話を詳しく教えてほしいんだが」

「これですべてだよ」

峰吉はすたすたと先へと行ってしまった。

いや、いくらなんでもそれは嘘だろうと思いながらその背中を眺めていると、横にいた巳之助が「だいたい合ってるかな」と言って笑った。

「死神の方は太一郎が持ってきた刀で追い払ったみたいだが、元気になったのは峰吉が言うように茂蔵のやつの枕絵のお蔭だと思うんだよな。堅物の若旦那だったんだが、開き直りみたいなのがあったと俺は睨《にら》んでいるんだ」

「ううん、よく分かりませんが」

「俺もだ。すまん、うまく言えない。ただ、今は面白いやつになっているぜ、その若旦那。もし藤七が会うことがあったら、そこら辺にある物を適当に指差してみな。若旦那、何でも褒めるから」

「へえ……」

前を見ると峰吉はもうだいぶ先の方を歩いていた。自分は知りたがりの藤七と呼ばれているが、その若旦那のことを知るのはもうこれで十分かな、と思いながら峰吉を追いかけ始めた。

徳左という男が主をしているのは樟屋《くすのきや》という、清左衛門が聞いたら入る前に相当長い話をするだろうと思われる屋号の店だった。

もちろんここには材木問屋の隠居がいないので、藤七たち三人はすっと中に入った。すぐに「いらっしゃいまし」という声に出迎えられる。穏やかな笑みを湛《たた》えた若い男が帳場に座っていた。藤七よりは上に見えるが、それでもさすがに若すぎるので、この男が徳左であるはずがなかった。

「ええと、私は……」

越ヶ谷宿から来た藤七という者で、どうたらこうたら……とまずは丁寧《ていねい》に己《おのれ》のことから告げようと思ったのだが、その声は巳之助の大声に消されてしまった。

「徳左さんはいるかい」

単刀直入だ。話が早い。だが、相手の顔から笑みが消えてしまった。何やら怪しい男が店に言いがかりを付けにきたのではないかと思われたみたいだった。それを言ったのが、並べて比べると地獄の鬼でも可愛く見えてしまいそうな巳之助なのだから無理もないことである。

「どのようなご用でしょうか」

「わけあって三十年くらい前に徳左さんが手放した物を届けに来た、親切な者たちだと伝えてくれ」

ますます怪しいと感じたに違いない。男は胡散臭《うさんくさ》い者を見るような目を巳之助に、続けて藤七に向けた。しかし最後に峰吉を見た時、男の表情は困惑へと変わった。小僧が愛嬌《あいきょう》のある笑顔を見せていたからである。

「そ、それでは呼んでまいりますので、少々お待ちください」

男は立ち上がると、小首を傾げながら奥に姿を消した。途端に峰吉が口元を歪めて、にやり、と笑った。しかしこちらに近づいてくる足音が奥から聞こえると、また愛嬌のある笑顔に戻る。藤七はその様子を横目で見ながら、ただ感心していた。

「三十年くらい前に私が手放した物ということだったが、まったく心当たりがないね」

現れたのは六十くらいの年の男だった。背筋を伸ばして胸を張り、ゆったりとした足取りで歩いてくる。やや小太りなせいもあってか、貫禄というものを感じさせた。

「徳左さんでございますね」

「ああ、そうだよ」

さすがに先ほどの若い男と違い、巳之助と対峙《たいじ》しても動じる様子は見えない。ただ静かに見つめているだけだ。堂々としている。

「今、言った通りだ。こちらに心当たりはない。何かの勘違いじゃないかね」

「まあ、まずは見ていただきましょう」

巳之助が目配せしたので、藤七は背負っていた風呂敷包みを帳場の上に置いた。すぐに包みを開いて、小さい箱、大きい箱、杵を並べる。二つの箱の蓋《ふた》を外し、それから一歩下がって徳左の顔を見た。

その中ではどうしても杵が目につく。徳左もそうだったようだが、それを見てかすかに眉《まゆ》をひそめただけだった。

徳左の目が隣にある大きな箱へと移った。中に入っているのは鑿《のみ》などの、指物師が使っていたと思われる道具だ。

徳左は、今度は少し首を傾げた。表情はあまり変わらない。

最後に徳左は小さな箱を見た。簪はもうないので、中にあるのは煙草入れと印籠の二つだけである。

徳左が少し体を引いた。驚いたように目が見開かれている。そのまましばらく箱の中を見つめた後で、ゆっくりと顔を近づけていった。

どうやら煙草入れの方に目を注いでいるらしい。この様子なら徳左が元の持ち主で間違いないと思うが、はたして何と言うだろうか。藤七は息を呑《の》んで見守った。

かなり長い間、徳左は煙草入れを見つめていたが、やがてのろのろと顔を上げた。目つきが明らかに変わっている。先ほど巳之助を静かに見つめた、あの目ではない。しかし、それがどういう心の動きを表しているのか、藤七には分からなかった。三十年近く前に手放した物が突然目の前に現れたことへの驚きや戸惑い、あるいは喜びといったものとは違う。怒りや悲しみでもない。おかしみを感じているようには、これっぽっちも見えない。

ならばこの目は何だろう、と藤七が考えていると、急に峰吉が小さな声で「すっぽんの桑次郎」と呟いた。

かすかではあったが、徳左の体がびくりと震えた。

――ああ、そうか。

この動きで分かった。徳左の目に浮かんでいるのは「怯《おび》え」である。「恐れ」と言ってもいい。徳左は桑次郎のことを怖がっているのだ。

「お前さんたちは、桑次郎さんの何なんだい」

「俺は赤の他人だな」

巳之助が答える。その横で峰吉が頷《うなず》いた。

徳左の目が藤七へと移った。

「私は、すっぽんの桑次郎と呼ばれていた男の甥《おい》でございます」

「……ほう。そんな者が私に何の用だね」

「その煙草入れをお返しに参ったのです。それは元々、徳左さんの物で間違いはありませんか」

「ああ、その通りだが……どうして桑次郎さん本人ではなく、その甥がやってきたのだね」

「亡くなったからでございます」

徳左の目が再び大きく見開かれた。

「それは、いつのことだ」

「ふた月前になります」

「そうか……」

徳左は天井を見上げ、大きく一つ息を吐き出した。すぐにまた目を藤七に戻したが、そこからは先ほどまであった「怯え」や「恐れ」は消えていた。その代わりに目には、いや顔全体には分かりやすいほどの「安堵《あんど》」の表情が浮かんでいた。

「……桑次郎のやつ、死んだのか」

小さい声で呟くと、徳左は箱に手を入れて煙草入れを拾い上げた。

「それでは返してもらうよ。これはもう私の物ということで構わないね」

「あ、はい。もちろんでございます。こちらはそのために伺《うかが》ったのですから」

「ふむ」

徳左は後ろを振り向いた。最初に見た若い男が、帳場の隣にある部屋からこちらを覗《のぞ》き見ていた。徳左はそこへ向かって煙草入れを放り投げた。

「裏庭に行って、それを燃やしてしまいなさい。火の元には気をつけるんだよ」

「えっ」

藤七は思わず声を上げた。越ヶ谷宿から苦労して江戸に持ってきて、昨日今日と歩き回ってようやくここにたどり着いたのだ。それなのに、渡してすぐに燃やされてしまうなんて……。

若い男は煙草入れを手にするとすぐに姿を消した。命じられた通りに裏庭へ向かったのだろう。

「……あ、あのう、徳左さん」

「なんだね」

徳左は藤七の方へ向き直った。かすかに安堵の色を残しているが、ほとんど静かな目に戻っている。

「あれはもう私の物なんだ。どうしようと文句を言われる筋合いはない」

「その通りではあるのですが、さすがにこれは……」

「お前さんの目に、親戚の伯父さんの姿がどう映っていたかは知らないがね、少なくとも私が知っているすっぽんの桑次郎は……鬼だったよ」

徳左は巳之助をちらりと見た。

「そっちの人の方が見た目は鬼に近いかもしれない。だけどね、あの男は中身まで鬼だった。桑次郎と関わりがなくなってから三十年くらい経っているが、その間、私は一日たりとも心が休まる日がなかったよ。いつかまた桑次郎のやつが目の前に現れるんじゃないかと、びくびくしながら暮らしていた。しかしそれも今日で終わりだ。これからは枕を高くして寝られる。お前さんのお蔭でね。感謝するよ」

徳左は藤七に向かって深々と頭を下げた。

「……しかし、もう二度とここへは来ないでくれ。私は心の底から、桑次郎のことを忘れたいと願っているのだから」

徳左はそう言い残すと三人に背を向けて帳場から出ていった。

「おいおい、肝心の店の者が誰もいなくなっちまったぜ」

巳之助が驚いたように言った。

「相手にする気はないから、お前らもさっさと出ていけってことでしょ」

峰吉が言い、くるりと踵《きびす》を返して樟屋から出ていった。

「それだけ桑次郎のことを思い出したくないってことなんだろうな」

巳之助も続いて外に出た。

藤七は箱と杵を風呂敷に包み直しながら、江戸にいた頃の伯父はいったいどんな取り立てをしていたのだろうと考えていた。

三

樟屋を出た三人は神田松枝町に向かった。

ここには佐治平という指物師の男が住んでいるはずである。これが「芝森元町　佐治平」と書き付けに記されている人物と同じであることはほぼ間違いなかった。鳴海屋に出入りしている職人がかなり詳しく聞き込んできたお蔭である。

樟屋のある豊島町から近いので、神田松枝町にはすぐ着いた。そしてその町にある佐治平の住まいも、あっさり見つかってしまった。

「……ここみたいだね」

峰吉が指差したのは、袋小路の一番奥にある二階建ての家だった。

「ふうん。かみさんと二人暮らしの、年寄りの指物師だって話じゃねぇか。それなのに俺よりいい所に住んでいやがる」

「そりゃ巳之助さんは寂しい一人暮らしの棒手振《ぼてふ》りだし」

「猫もたくさんいるぞ」

「長屋をうろついている猫だし、しかも今はほとんど太一ちゃんの部屋にいるんでしょ」

「太一郎がいて猫もいるなら、そこも俺の家と考えていいんじゃねぇかな」

「だったら巳之助さんの住まいも、ここととあまり変わらないってことになるけど。太一ちゃんの所は表店だし」

峰吉と巳之助のくだらないやり取りに付き合っている暇はない。藤七は佐治平の家の戸を開けた。

「ごめんくださ……あ」

さすがは指物師の家だ。戸を開けると、そこはもう仕事場だった。年寄りが板の間に座り、鑿を手にしてこちらを睨んでいる。

「……人の家の真ん前でごちゃごちゃ喋ってるんじゃねぇぞ。うるさくて敵《かな》わねぇよ」

「も、申しわけありません。ええと、佐治平さんでいらっしゃいますか」

「そうだよ。お前さんたちの方こそ誰だい。何か物を売りつけようって考えているんじゃないだろうな」

「あ、いえ、そうではありません。佐治平さんに伺いたいことがあって参ったのですが……」

「それなら中に入ってくれ。表での話し声は案外と家の中にまで聞こえてくるものなんだよ。ご近所さんに迷惑じゃないか」

「は、はい」

三人は戸口をくぐった。さして広くない土間には板の切れ端がたくさん転がっている。佐治平が作業している板の間も木屑《きくず》だらけだ。壁には何本か長い棒が取り付けられ、そこに数多くの鋸《のこぎり》や鉋《かんな》、鑿などが立てかけられている。年寄りではあるが、今でも指物師の仕事を続けているというのは本当のようだ。

「女房が留守なんで茶は出てこないよ。それで、お前さんたちは何者だい？」

「私は……」

藤七は名乗ろうとしたが、それより先にまた巳之助が口を開いた。樟屋の時と同じだ。

「俺は巳之助だ。棒手振りの魚屋をしている」

相変わらず顔が怖い。体も声も大きいので迫力がある。並の者なら体を引くとかして、たじろいだ様子を見せそうなものだが、佐治平は「ふん」とつまらなそうに言っただけだった。

「おいらは亀久橋のそばにある、皆塵堂という古道具屋の小僧の峰吉だよ」

峰吉の方は愛嬌のある表の顔を見せている。年寄りの客に何とか品物を買わせようとする時の笑顔だ。しかし佐治平は、やはりつまらなそうに「あ、そう」と言って目を藤七に移した。

「お前さんは？」

「私は藤七と申します。日光道中越ヶ谷宿にある黒松屋という旅籠《はたご》で働いている者なのですが、どうしても佐治平さんに見ていただきたい物があって……」

「ちょっと待て」

佐治平の表情が険しくなった。噛みつきそうな顔で藤七をじろじろと睨み回す。

「越ヶ谷宿ってことは……てめぇ、桑次郎の野郎と何か関わりがあるのか？」

どうやら書き付けにあるのは、この佐治平で合っているようだ。

「私は甥に当たる者でございます。伯父がふた月前に亡くなったので……」

「桑次郎の野郎、くたばったのか」

佐治平が低い声で呟くように言った。樟屋の徳左は桑次郎の死を聞いてほっとしたような表情を浮かべたが、佐治平はそのままだ。険しい顔に変わりはない。

「あいつは俺より十近く若かったが、先に逝《い》きやがったか」

「は、はい。それで私は、佐治平さんにお返ししたい物があって参ったのでございます。うちの旅籠の蔵に残されていた物なのですが……」

藤七は木屑だらけの板の間の上がり框《かまち》に風呂敷包みを置いた。

「は？」

「いらねぇよ」

包みを開こうとした手が止まる。佐治平を見ると、渋柿でも食べたのかと思えるほど顔をしかめていた。

「鉋とか鑿が入った箱のことだろう。そいつは桑次郎の野郎にくれてやった物だ。もう俺の物じゃねぇ。返してもらう謂《いわ》れはねぇな」

「いえ、しかし……」

「とにかく俺はいらねぇ。お前さんも邪魔だっていうのなら、そこの小僧に売ってやったらどうだ。古道具屋らしいから」

峰吉がにんまりした。その顔を見ながら藤七は悩んだ。もし元の持ち主が見つからなかった場合には皆塵堂に引き取ってもらうつもりだったが、今はこうして佐治平が目の前にいる。さて、どうするべきだろうか。

「ううむ……」

「困っているようだな。それならこうしよう」

佐治平は立ち上がり、壁際に歩み寄った。

「ええと、この辺りに四文銭が転がっていたと思うんだが……ああ、あった。おい、藤七とかいうやつ、ちょっと手の平を出しな」

藤七は言われるままに手を前に出した。佐治平が近づいてきて、その上に四文銭を置く。

「俺の物じゃないんだから、ちゃんと銭を出さなきゃいけねぇ。これで箱は俺の物だ。さて小僧、その箱はお前に四文で売ってやるよ」

峰吉の腕が伸びてきて、藤七の手から四文銭を拾い上げた。峰吉はそれを佐治平に渡した。

「よし、これで話は終わりだ。用が済んだら帰ってくれ」

佐治平は四文銭をまた壁のそばに置くと元の場所に座った。鑿と玄翁《げんのう》を手に取り、目の前の板に向かう。止まっていた作業の続きをするようだ。

「あ、あのう……」

「まだ何かあるのか」

「私の伯父の話を聞きたいと存じまして。伯父が江戸で借金の取り立て屋をしていたことは耳にしています。それが、その……どのような仕事振りだったのかを知りたくて……」

「野郎が『すっぽんの桑次郎』と呼ばれていたことは知っているか」

「あ、はい」

「なら言わなくても分かるだろう。そう言われるだけの取り立てをしていたんだよ。もちろん借金の返済を滞《とどこお》らせた俺にも非はある。だがあの頃は体を壊して仕事がなかなかできなかったんだ。それなのにあの野郎は……」

佐治平は玄翁で鑿を叩くと、「ちっ」と舌打ちをした。余計な力が入ってしまったようだ。

「まあ俺のことはどうでもいい。それより娘だ。俺が桑次郎の野郎と関わらなければ、可愛い娘を取られるようなことはなかったのに……」

鑿などを横に置いて佐治平はまた立ち上がった。板の間の隅にあった煙草盆のそばに腰を下ろし、こちらに背を向けて煙草を吸い始めた。

無言である。もう何も喋る気はなさそうだ。

上がり框に置いた風呂敷包みを峰吉が背負い、戸口から出ていった。巳之助も藤七の肩を軽くぽんと叩いてから峰吉に続いた。

藤七はしばらくの間そこに留まって佐治平の背中を見ていたが、やがて一礼し、静かに戸口から外に出た。

「……佐治平さんの娘さんは、借金の形《かた》として女郎屋か何かに売られたってことなんでしょうかねぇ」

佐治平の家の前の路地を裏通りの方に向かって歩きながら藤七は、はあ、と大きな溜め息をついた。かなり心が沈んでいる。金を返さない者の家の前で暴れたり、場合によっては相手を殴ったりすることくらいはあったろうと覚悟していたが、まさか若い娘を売るような真似《まね》までは、あの伯父ならしないだろうと思っていたのだ。

「藤七の伯父さんは雇われていただけなんだ。だからまあ、仕方ないんじゃねぇか」

巳之助が慰めるように言う。

「それに昔の話だ。それこそ藤七が生まれる前のことなんだから、お前が気にすることじゃねぇ」

「そうではあるのですが……」

自分はその伯父に世話になったのだ。

まったく与吉ちゃんも、俺に大変な役目を押し付けてくれたものだ、と思いながら前を見ると、一人だけ先の方を歩いていた峰吉が立ち止まっていて、藤七たちの方を眺めていた。

「さっき女の人とすれ違ったんだけど、藤七さんは気づいた？」

「いや、考えごとをしていたから……」

俯《うつむ》いて歩いていたせいもある。まったく気づかなかった。

「巳之助さんは？」

「そりゃ狭い路地だからな。だがじっくりは見なかった。いったいその女がどうしたって言うんだ」

「見ていたら、佐治平さんの家に入っていったんだよ」

「それなら、かみさんが帰ってきたんだろう」

「いや、若い人……と言っても佐治平さんと比べて若いってだけで、四十はとうに過ぎていると思うけど、そんな女の人だったから誰だろうと思ってさ」

「それなら娘……は売られたんだっけか。若いかみさんを貰ったたってことなんじゃないのかな」

藤七は振り返ってみた。もう路地には誰もいなかった。佐治平の家の戸もぴったり閉じられている。

「ううん、そうかなぁ……」

峰吉はなぜか不満そうである。

「……まあ、いいや。それよりこれからどうしようか。おいらはもう、佐治平さんから買った箱を持って帰ろうと思うんだ。目ぼしい家があったらついでに古道具の買い付けに寄りたいと考えていたんだけど、それもなかなか見当たらないし」

「う、うむ。それなら……」

自分も今日のところは皆塵堂に戻った方がいいかもしれない。あの髭面《ひげづら》の男に奪われてしまった刀を除けば、残っているのは印籠と杵だけだ。越ヶ谷宿へと出立する最後の日を外して数えても、まだ三日ある。いったん休んで沈んだ心を立て直し、明日から再び捜し始めても、十分に間に合うのではないか。

「俺は今日のうちにもう少し捜したいと思っているけどな。明日からは猫の引き取り手を見つけなきゃならん。藤七を手伝えなくなる」

そうだった。たくさんの猫好き仲間という大きな武器を持つ巳之助と歩けるのは、今日で最後になるかもしれないのだ。

「……巳之助さんがそうおっしゃってくださるのなら、私も心を奮い立たせます。そもそもこれは巳之助さんや皆塵堂の皆様にはまったく関わりのない話でございました。それなのにこうして手伝ってくださるのです。弱音なんて吐いてはいられません」

「うん、でもまあ、あまり無理はしない方がいいと思うぞ。それに俺のことは気にするな。ついでに猫の引き取り手を猫好き仲間に探してもらってもいるんだ。明日はそっちを片付けるが、終わり次第また藤七を手伝うさ。まだ飼い主が決まっていないのがあと五匹だが、四匹まではすぐに見つかると思う」

残りの一匹は何なのだ。知りたがりの藤七は訊きたくなったが我慢した。今は印籠と杵の元の持ち主を捜すことだけを考えなければいけない。

「それなら、おいらだけ皆塵堂に戻るってことで」

峰吉が風呂敷包みを下ろし、中にあった杵と印籠を巳之助に渡した。

「ちょっと待て。このままで持ち歩かせる気じゃあるまいな。印籠はともかくとして、こんな丸太みたいな物を抱えていたら変な目で見られるじゃねぇか」

「巳之助さんに似合ってるから平気だよ。何か運んでるんだな、くらいにしか思われないでしょ。それに巳之助さんなら重くはないだろうし」

「うん、軽い」

「印籠は箱から出した方が持ち運びがしやすいし、おいらも風呂敷があった方が楽だ。これが一番だよ」

峰吉は風呂敷包みを背負い直した。

「それじゃあ、おいら行くから。藤七さんは無理して体を壊さないでね。巳之助さんは何をしても壊れないだろうけど……明日からしっかりね。特に猫三十郎《ねこさんじゅうろう》のことを」

最後に峰吉は、もの凄《すご》く気になる言葉を残して立ち去っていった。猫三十郎だと？

「……巳之助さん。すみませんが詳しくお聞きしたいことがあるのですが」

さすがに我慢ができなかった。

四

藤七と巳之助は遠州屋という屋号の店を探しながら神田や日本橋の町々を歩き回っ

た。

書き付けにある「遠州屋　文助」を見つけようとしているのだ。何の店であるかまでは分からないので、手当たり次第に飛び込んで、三十年くらいかそれ以上前に文助というやつはいなかったか、と訊いている。しかし今のところは何の手掛かりも得られていなかった。

「……なるほど、それで猫三十郎ですか」

その道々で、藤七は峰吉が言い残した言葉についても聞かせてもらっていた。

巳之助と太一郎が住む鬼猫長屋には六匹の大人の猫がいる。初めに来たのは太一郎が伊平次に押し付けられた白助《しろすけ》という雌猫だ。その後、巳之助が大家からの許しを得て、雷鼓《らいこ》、黒兵衛《くろべえ》、茶四郎《ちゃしろう》という三匹の雄猫と、木立《こだち》、日和《ひより》という二匹の雌猫が新たに加わった。

ここまではわりとまともな名のついた猫だが、この後から様子が変わる。

翌年、白助と木立、日和に子猫が生まれた。すべて合わせて十二匹だ。これに巳之助は猫太郎《ねこたろう》、猫次郎《ねこじろう》、猫三郎《ねこさぶろう》、猫四郎《ねこしろう》と順番に名前を付けていった。猫十一郎《ねこじゅういちろう》、猫《ねこ》十二郎《じゅうにろう》と、最後の方は語呂が悪くなるがお構いなしである。元々巳之助は名付けが適当な上、どうせ他所に貰われていくのだから、ちゃんとした名前は新たな飼い主に付けてもらえばいい、と考えたからだった。ちなみに雷鼓や木立、日和といった少し凝《こ》った名を付けたのは鳴海屋の清左衛門らしい。巳之助が付けたのが白助、黒兵衛、茶四郎で、それぞれ毛色が白、黒、茶白だという。なるほど適当だ。

それからも他所の子猫を拾ったり託されたりして何匹かの子猫が鬼猫長屋にやってきたが、ほとんどが同じように猫十三郎《ねこじゅうさんろう》、猫十四郎《ねこじゅうしろう》……と順番に呼ばれたという。

そして今年、また長屋の三匹の雌猫が子猫を産んだ。これまでにいた子猫の最後は猫十九郎《ねこじゅうくろう》だったので、それらの子猫の名は猫二十郎《ねこにじゅうろう》から始まった。全部で十一匹なので、最後が猫三十郎になる。

「そう、それで猫三十郎なんだよ。言っておくが俺はこの世のすべての猫を可愛いと思っているし、名前によってその思いが変わることはない。ただ、猫三十郎って名前はちょっと格好いいだろう。強そうにも感じるし。だからこの猫だけは新たな飼い主の許に行っても、猫三十郎という名のままでいてほしいんだ」

「ううむ」

格好よくて強そう……なのだろうか。よく分からない。

「……まあ、猫三十郎のままでいいという人もいると思いますよ。案外と早く引き取ってくれる人が見つかるんじゃないでしょうか」

「いや、それだけじゃないんだ。強そうな名を持つ猫の飼い主には、それに相応《ふさわ》しい人物がなってほしいんだよ。猫がいじめられていたら、たとえ相手が刃物を持っていようとお構いなく体を張って助ける、そんな心意気を持つ人に猫三十郎を託したい」

「それは……難しいかもしれませんね」

だから峰吉は、特に猫三十郎の名を挙げて「明日からしっかりね」と言ったのだ。あの小僧も藤七と同じように感じているに違いない。

「まあ猫三十郎が残ったとしても、子猫が減っていけば太一郎も動き出すだろう。さて、この辺りは本石町《ほんごくちょう》か。東に少し行くと鉄砲町だから、猫好き仲間の所にもう一回訊きに……いや、しつこいと思われるかな。南の方に行けば日本橋で、その手前の室町《むろまち》に知り合いがいるから、そこに行ってみるか。連助《れんすけ》ってやつなんだけどな。まだ若いのに大きな紅白粉問屋《べにおしろいどんや》の店主なんだ。手広くやっているみたいだから、何か聞けるかもしれない」

「そうですね……」

藤七は周りを見回しながら答えた。遠州屋という看板が出ている店を探しているのだが、それは見当たらなかった。ただ、それとは別に妙に気になる家があった。

まだ日暮れまで間があるので、周りの店はどれも開いている。しかしそこだけは表戸がきちっと閉まっていた。看板もない。

——空き家なのかな。

商売がうまくいかなくて店が潰れてしまったのだろうか。黒松屋も決して余裕があるわけではないので身につまされる。何の商売をやっていたのか分からないが、こんな人の多い場所にある店でも厳しいのか、と思いながら上の方に目をやった。

二階の障子窓《しょうじまど》が開いていて、そこに人が立っていた。家の中が暗いせいか全体に影になっていて、はっきりとは見えない。それでも若い男のように感じた。

——人がいるなら潰れたわけじゃないのかもな。

事情があって休んでいるだけなのかもしれない。そう考えながら何となく目を向けていると、その男が手招きのような動きをした。

男がどこを見ているのか分からないが、まさか自分を呼んでいるということはないだろう。それでも念のために藤七は「私ですか？」という風に自分の顔を指差した。するると男は頷くような動きをして、また手招きをした。

「おうい、藤七」

横の方から声が聞こえた。そちらを見ると、巳之助が近寄ってくるところだった。

「室町へ行きかけたら、途中で藤七がついてきていないことに気づいて戻ってきたんだよ」

「ああ、申しわけありません。ちょっとこの家が気になったものですから。それで眺めていたら、二階にいる人が私を手招きして……」

巳之助が上に目を向けた。

「誰もいないぞ」

「あれ？」

藤七も目を二階の障子窓へと戻した。巳之助の言う通りだ。誰の姿も見えない。

「確かにいたんですけどね」

「手招きしたってことは何か用があるのかね。どんな人だったんだい」

「若そうな男の人だと思うのですが、何しろ暗くって……」

ところが改めて見ると決して暗くはなかった。その窓は西を向いていて、日が傾きかけている今はむしろ明るい。そこに人が立っていたら、顔がよく見えないなどということはなさそうだ。どうして影のように見えたのか不思議である。

「……ううん、でも呼ばれたみたいだから行ってみましょうか。何かあったのかもしれませんし。例えば具合の悪い人だったとか」

「藤七を呼んだ後でばったり倒れたってことか。どうだろうな。まあ、気になるなら

かけた。

覗いてみるか」

巳之助は少し離れた所にある長屋の木戸口へ向かって歩き出した。この店の裏口へ回るつもりだろう。藤七はもう一度だけ窓を見上げてから、先に行った巳之助を追いかけた。

裏口を開けると中は薄暗かった。一階は通りに面した表戸だけでなく、他の戸や窓もすべて雨戸が閉められているようだ。しかしほんの少しだけ開けられている雨戸があったので、かろうじて中は見えた。

ほとんど物が置かれていない。あるとしても千切れた縄とか割れた茶碗、箍《たが》が緩んだ桶など、どうでもいい物ばかりだ。人が暮らしているようには見えなかった。

「どなたかいらっしゃいませんか」

二階に誰かいたのは分かっているので、藤七は裏口のそばにあった梯子段《はしごだん》の方に向けて声をかけた。返事はなかった。

「呼ばれたんだから入っていいよな」

巳之助が戸口をくぐり、そのまま家に上がった。梯子段のそばに近寄り、二階に向かって「誰かいるかい」と怒鳴る。やはり返事はない。

藤七も中に入った。巳之助の背後を通り過ぎて少し奥へ進む。通り側の方へ、である。

隣の部屋から覗くと帳場とその先にある店土間が見えた。どちらにも、何も置かれていない。がらんとしている。

初めに思ったように、ここは潰れた店だったようだ。二階にいる人は後片付けか何かで来た人だろう。それがなぜ自分を手招きしたのかは分からない。

──本当に体の具合が悪くて倒れたんじゃないだろうな。

藤七は梯子段のそばまで戻った。巳之助が二階へと上がっていくところだった。藤七もすぐに後に続いた。

「開けますよ」

巳之助がそう言ったのは、藤七が梯子段を上りきって二階の床に片足をのせた時だった。どうやら二階には二部屋あるようで、間を仕切っている襖《ふすま》が閉じられていた。巳之助はその引手に指をかけながら、開ける前に声をかけたのである。先ほどまでと同様、返事はなかった。

多分その襖の向こうが、藤七が男を見た部屋だ。人が倒れたりしていなければいいが、と藤七は気を揉《も》みながら巳之助を見守った。

巳之助が無造作に襖を開けた。部屋に入るために右足が持ち上がる。

「うおっ」

小さな叫び声が上がった。巳之助の右足が前ではなく、後ろへと下がった。

藤七は体を傾けながら首を伸ばした。襖の先を覗き見る。

「うえっ」

藤七の口からも声が漏れた。部屋には男がいたのだが、その様子が尋常ではなかったからだ。

やはり若い男だった。それに具合が悪いのかもしれないと考えたのも、あながち間違いではなかった。明らかに男の顔色は悪い。それどころか、顔色がないと言ってもよかった。

部屋の奥にいたのは灰色の男だったのである。それが土下座するような姿勢で両手をつき、顔だけを持ち上げて巳之助を見ていたのだ。

窓からは西日が差し込んでいる。しかし男には光が当たっていない。そこだけ妙に薄暗く見える。

明らかに生きている人間ではない。

「うえっ」

再び藤七の口から声が出た。それが合図であったかのように男が動き出した。「もっと金を」と言いながら巳之助を目がけて一気に這《は》い寄ってきたのである。

藤七は仰天し、思わず後ろへと下がった。

もし同じ高さに床が続いていたら、少し後退するだけで済んだだろう。しかしそこは梯子段である。藤七は足を踏み外し、そのまま一階へと転げ落ちてしまった。

藤七がその家の二階で最後に見た光景は、「金を、もっと金を貸してください」と言って巳之助に縋《すが》り付こうとする灰色の男と、悲鳴を上げながらその男を思い切り蹴り飛ばしている巳之助の姿だった。


「……驚かすんじゃないよ。泥棒が入ったのかと思ったじゃないか」

妙な臭《にお》いがする得体のしれない膏薬《こうやく》を藤七の傷口に擦《す》りつけながら、年寄りが文句を言った。

あの灰色の男がいた家の裏にある長屋の一室である。藤七にぶつくさ言っているのはこの部屋の住人で、長屋の大家でもあった。空き家から声がするので見に行ったところ、二階から藤七が転げ落ちてきたのだという。

「あそこは、たまに出るらしいんだよ。儂は見たことがないけれどね」

事情を察した大家は藤七を助け起こし、自分の部屋まで連れてきた。そして水を飲ませたり擦り傷に膏薬を塗ったりと介抱している。文句は多いが世話好きな人らしかった。

部屋には巳之助もいる。こちらは呆《ほう》けたような顔で例の杵を抱き締め、隅の方に座っていた。あの灰色の男は蹴り飛ばしたら消えたらしい。

「そのせいで住人が居着かないんだよ。商売をするにはいい場所なんだけれどね。みんな幽霊を見て逃げ出してしまう。儂がこの長屋の大家になってから十年くらい経つが、その間に五、六回は入れ替わっているかな。空き家になっている時期も長いし、まったく困ったものだよ」

「やはり私たちが見たのと同じのが出たのでしょうか」

藤七は体を動かしながら訊ねた。膏薬を塗り終えたので、擦り傷の他に痛む所はないか確かめたのだ。幸い大きな怪我《けが》はしていないようだった。

「お前さんたちが見たのは若い男だと言っていたね。うむ、儂が聞いている限りでは同じようだ。足に縋り付いてくるのも変わらない。ただし、男の言葉には違いがある。『お願いします』とか『許してください』と言っていたと耳にしている。金がどうのこうのというのは初めて聞いたよ」

「へえ……」

何やら胸騒ぎがする。他の者にはお願いしたり謝ったりし、巳之助には金をもっと貸せと言う。特に巳之助への言葉に引っかかりを感じる。

「……若い男の幽霊は、いつ頃から出るようになったのでしょうか」

「儂がここの大家になるずっと前からだよ。前に大家をやっていた者から引き継いだ時に話を伝えられている。あそこには三十年くらい前まで遠州屋という店があったらしいんだけれどね」

「遠州屋っ」

藤七は巳之助と顔を見合わせた。

「どうしたんだね、急に大声を上げて。びっくりするじゃないか」

「ああ、申しわけありません。それで、遠州屋という店がどうかしましたか」

「そこに若い男が勤めていたらしい。文助という名だったそうだが……」

「文助っ」

藤七はまた巳之助の顔を見た。自分と同じように驚いている。

「だから急に大声を出すのはやめてくれよ」

「す、すみません……その文助という男はどうなりました？」

「ええと、その男は手代だったそうだ。上に番頭もいたのだが、これが金に厳しい男でね。店の金はすべてその番頭が取り扱っていたと聞いた」

「店主はどうしたのですか」

「他の同業の仲間たちとの付き合いがもっぱらの仕事でね。店のことは番頭に任せていたらしい」

「なるほど」

伊平次みたいな店主である。

「ところがある時、番頭にどうしても手放せない用があったので、代わりに文助が取引先に行ったそうだ。掛取りの仕事でね。半年分だかの代金を貰いにいったらしい。ところが、滅多《めった》にないことだから緊張でもしたのか、文助はそのお金を落としてしまったんだ」

「ふうむ」

幽霊が謝っていたのはそのためかもしれない。

「困った文助は金貸しの許を訪れた。だけど結構な額だったのと、まだ若い手代である文助に信用がなかったせいで、なかなか貸してくれなかったようだね。それでも文助は必死で頭を下げた」

お願いしていたのはこれだろう。

「金貸しの方が折れてね。仕方がない、という感じで文助に金を出そうとした。しかし、そこへ別の者が現れたんだ。金貸しの知り合いで、たまに借金の取り立ての手伝いをしてもらっていた男だ。そいつは他にも多くの金貸しと付き合いがあってね。借金の取り立て屋みたいなことをして暮らしていたらしいな」

「すっぽんの桑次郎……」

「ほう、よく知ってるね。そう呼ばれていた男だよ。その桑次郎が現れて『そんなやつに貸すことはない』と金貸しに言ったんだ。もちろん文助は、それこそ桑次郎の足に縋り付くようにして、金を貸してくれるよう泣きながらお願いした。だが駄目だったみたいだ」

あの幽霊が巳之助に言ったのは、実は桑次郎への言葉だったのか。

「落とした金は見つからないし、桑次郎に追い出されて借りることもできない。番頭からは責められる。もう八方ふさがりだ。追い詰められた文助は自らの命を絶った。それからだよ、あそこに幽霊が出るようになったのは」

あの灰色の男は文助と考えて間違いなさそうである。

「遠州屋にも出たということでしょうか」

「もちろんだよ。それで遠州屋は他所に移ったんだ。できれば幽霊も一緒についていってくれればこちらは助かったんだが、残念ながらここに留まってしまった。参ったよ」

大家にしてみれば本当に迷惑な話だろう。気の毒なことだ。

「……その遠州屋は、何の商売をしていたのでしょうか。袋物屋か小間物屋、あるいは搗米屋《つきごめや》のどれかだと思うのですが」

「ううん、どうだったかなぁ。聞いた覚えはあるが忘れてしまった。だけど挙げた中にはないと思うよ」

「おかしいなぁ、それだと印籠と杵が……」

藤七が呟くと、大家が何かを思い出そうとするように腕を組んで天井を見上げた。

「杵は知らんが印籠については聞いたことがあるぞ。何だったかな。ええと……ああ、そうだ。思い出したぞ。文助は印籠も落としたんだった」

大家はぽんと膝《ひざ》を打った。

「掛取りに行く際に、番頭が自分の印籠を持たせたらしいんだよ。間違いなく自分の代わりだと示すためにね。もちろんそんなことをしなくてもいいんだ。先方は遠州屋に来た時に何度も文助の顔を見ていたようだし。まあ、何事にも細かい番頭だから念のためにそうしたんだろうね」

「ふうむ。印籠が自分の代わりだという証拠になりますかね。相手が分からなければそれまでなのに」

「竹右衛門《たけえもん》とか、竹兵衛《たけべえ》とか、竹の字が付く名の番頭だったらしいよ。だから持っていたのも竹が描かれた印籠だった。きっと何かの話の折に、先方に見せたことがあったのだと思うよ。『自分の名に竹があるので、持っている印籠も竹の模様です』とか言って」

「なるほど……」

これで印籠に話が繫《つな》がった。少しほっとしたが、謎も残る。なぜ落としたはずの印籠が伯父の手元にあったのか。

「……文助は本当にその印籠を落としたのでしょうか」

「そうだと思うよ。まあ儂も前の大家から聞いただけのことだから確かなことは言えないが、文助はそのことでも番頭に責められたようだ」

「ううむ……」

とりあえず印籠の元の持ち主がその番頭だと分かった。あとはその人の居場所を突き止めるだけだ。

「……遠州屋がここにあったのは三十年くらい前だとおっしゃいましたが、そうなると、その番頭はもう亡くなっているのでしょうか」

「さすがにそれは儂にも分からんよ。どうしてそんなことが気になるのかね」

「実は……」

さすがに桑次郎の身内だとまでは言うつもりはないが、ある程度まではこの大家に話しておいた方がいいと藤七は考えた。世話好きみたいだから力を貸してくれるかもしれない。

「……事情があって、今その印籠は私どもの手元にあるのです。それを元の持ち主へ返したいと思って、いろいろ調べているところでして」

「ああなるほど。それであの家に入ったんだね」

「は、はあ……まあ」

少し違うが、そういうことにしておこう。

「ふむ。店によって違うが、三十前で番頭になる人も多いからね。まだ生きているかもしれない。それを捜すには……ここの前の大家はもう亡くなってしまったが、その息子さんがまだいるはずだ。何か知っているかもしれない。それから、この土地に長く住んでいる近所の年寄り連中もね。よかったら儂がそいつらに訊いておいてやろう」

「あ、ありがとうございます。助かります」

「何か分かったら儂が教えにいってやるよ。お前さんはどこにいるんだい」

「深川亀久町の皆塵堂という古道具屋に……ああ、いや、私の方がこちらに伺います」

「それなら……三日くらい後にまた来てくれるかな」

越ヶ谷宿に戻る前日だ。まだ江戸にいる。

「承知いたしました。よろしくお願いいたします」

「うむ、任せておきなさい。ただし、何も分からなかったとしても文句を言うんじゃないよ」

「もちろんでございます」

「うむ。ところで、どうして儂が印籠の話のような細かいことを覚えていたのだと思うかね。何を隠そう、この儂も自分の名の絵が入った印籠を持っているんだ。それも一つや二つじゃないよ。たくさんある。儂は鶴兵衛《つるべえ》というので、集めているのは鶴だけどね。せっかくだから見せてやろう」

鶴兵衛は立ち上がると、嬉《うれ》しそうな顔で奥にある箪笥へと近づいていった。

仕方あるまい、と藤七は思った。番頭のことを調べてもらう礼だ。鶴兵衛の持っている印籠について特に知りたいとは思わないが、しっかり聞かねばなるまい。

巳之助に目をやると、こちらはすごく嫌そうな顔をしていた。もうここから離れたいという様子がありありと見て取れる。

藤七は両手を合わせ、巳之助にぺこぺこと頭を下げた。

「……鳴海屋のご隠居が木について語る時みたいだったな、あの大家」

巳之助がうんざりしたような声で言った。

本石町の長屋からの帰り道である。鶴兵衛の話が長く続いたせいで、もう日が沈みかけている。お蔭で室町にある紅白粉問屋に寄るのは無理になった。

「申しわけありませんでした。まさか印籠で終わりでないとは」

藤七は心の底から謝った。印籠を見せた後で、やはり鶴の絵の入った壺《つぼ》や皿、文箱、それに鶴を象《かたど》った置物などを鶴兵衛は次々と出してきたのだ。

「俺のことは別にいいよ。あんな大家の話なんか碌に聞いちゃいないからさ。それよりお前の方だ。『知りたがりの藤七』の意地で、どんなに興味がない話でもそれなりに楽しく聞いてやる男だと思っていたんだがな。大家の話に身が入ってなかった気がしたぜ」

「ううん、そのつもりはなかったんですが……」

伊平次や峰吉、清左衛門ならともかく、この巳之助が気づくというのなら、よほど酷かったのだろう。鶴兵衛に悪いことをした。

「……どうしても伯父さんのこと、つまり桑次郎のことを考えてしまって」

兄を刺し殺し、自らも命を絶ったお条。金を借りられずに、やはり自らの死を選んだ文助。そしてこれは定かではないが、恐らく女郎屋に売られていった指物師の佐治平の娘。みな不幸になっている。

樟屋の徳左はそうではないが、桑次郎のことを恐れ、忌み嫌っていた。

「世話になった伯父さんは、若い時分には借金の取り立て屋などという碌でもない仕事をして食っていたんだと思うと、気分が沈んでしまって」

「佐治平さんの家から出た後にも言ったが、お前が生まれる前の話なんだ。気にすることじゃねぇよ」

「そうなのでしょうが……」

「まだ杵が残っている。奪われた刀だって、できれば何とかしたいと考えているんだろう。藤七は明日からも動かなきゃならないんだ。いつまでも暗い顔をしていないで、ここらで気分を入れ替えて……おっと、それにちょうどいいやつが来た」

巳之助が前方を指差した。夕暮れ時なので、仕事を終えて家に帰る人たちが通りを行き交っている。その中に、妙に楽しそうな表情で歩いてくる商人風の若い男がいた。多分、巳之助はその人を指差しているのだろう。

「どなたですか」

「あれが『死にたがりの若旦那』だよ」

「へえ」

死神に取り憑かれたが、今では元気になったという男だ。確かに足取りはやけに軽そうである。死にたそうにはとても見えない。

「おや、魚屋の巳之助さんじゃありませんか」

男は巳之助に気づくと、満面に笑みを浮かべながら近づいてきた。

「魚が売れ残ったら、いつでも我が戸倉屋《とくらや》に足を運んでください。すべて買います。巳之助さんの魚なら不味《まず》いはずがない」

「そりゃ俺が魚市場で選んだものだからな。美味《うま》いさ」

「おっしゃる通りです。ええと、それからこちらは……初めてお会いする方ですね。これはどうも。私は本所相生町《あいおいちょう》にある戸倉屋という呉服屋の倅《せがれ》で、喜三郎《きさぶろう》と申します」

「はあ、お噂《うわさ》はかねがね。私は事情があって日光道中越ヶ谷宿から江戸に来ている、藤七と申す者です」

「ほう、私の噂を聞いているのですね。どのような話か気になります」

「ええと……」

藤七は少し悩んだが、聞いた通りに答えることにした。

「……死神に取り憑かれたせいで死にたくなったが、枕絵を見たら元気になった若旦那だと」

「なんか、話が捻《ね》じ曲がって伝わっているようですね。ですが噂とはそういうものです。よしとしましょう」

本当にそれでいいのか。藤七は首を傾げたが、本人がそう言っているのだから、いいのだろう。

「それより藤七さんは越ヶ谷宿からいらっしゃったとか。それは素晴らしい。行ったことはないけど、きっと綺麗《きれい》な場所に違いない」

「いやあ、江戸に比べると何もない所で……」

「そんなことはありません。たとえただの野原しかなくても、そこには土があり、草が生え、虫がいる。それが眺められるなんて幸せなことです」

「ふうむ」

確か巳之助は、この若旦那は何でも褒めると言っていたはずだ。本当かどうか試してみようと思い、藤七は辺りをきょろきょろと見回した。

「そこの板塀《いたべい》、ぼろぼろですね」

「風通しが良くて涼しそうだ」

「向こうから皺《しわ》くちゃのお婆さんが来ます」

「昔は美人だったに違いない」

「おや、あんな所に犬の糞《ふん》が」

「なんて素敵な色と艶《つや》」

「……は、はあ」

本当だった。

「聞いてください。藤七さんもご存じのように、私は生きる気力を失っていた時期がありました。その頃の私には、周りにある何もかもが色あせて見えていたのです。しかし、巳之助さんたちのお蔭で生きる気力を取り戻した時に分かりました。色あせて見えるのは私の見方が悪かったからだと。心の持ちようで美しくも醜くも見えるのです。世の中は何も変わっていない。子供の頃に見えていた色鮮やかな景色は、今もそこにあるのです。さあ、藤七さん。周りを見てください。この世は美しさで満ち溢《あふ》れています」

「……はあ」

言われたように周りを見たが、ぼろぼろの板塀の横を皺くちゃの婆さんが通り過ぎただけだった。

「仕事でこれから人と会わなければなりません。それでは巳之助さん、藤七さん、私はこれで」

喜三郎は二人に向かって頭を下げると、軽やかな足取りで通りの向こうへと去っていった。

「……どうだ、少しは気分が変わったか」

「ううん、どうですかねぇ。何となく気持ちが楽になったような気がしないでもないですけど」

藤七は、通りの向こうへと消えていく喜三郎の背中を見ながら二つのことを思った。

一つは、世の中にはいろいろな人がいるものだ、ということ。そしてもう一つは、あの若旦那はもう一回死神に取り憑かれた方がいいんじゃないか、ということだった。

幽霊屋敷　出るのはなぜか

一

藤七が江戸に来て四日目である。

まだ元の持ち主が見つかっていないのは印籠《いんろう》と杵《きね》、そして髭面《ひげづら》の男に奪われた刀だが、この中では印籠に関する調べがもっとも進んでいる。三十年ほど前に本石町《ほんごくちょう》にあった遠州屋で働いていた番頭がその持ち主だったということまで分かっているのだ。本石町の長屋の大家がいろいろと訊《き》き回ってくれているが、藤七から話を聞いた清左衛門が鳴海屋の者を動かしてもいる。藤七は、今はその結果を待つしかなかった。

それから杵については、皆塵堂の隣の米屋の辰五郎が調べている。書き付けにある名でまだ正体が判明していないのが鉄砲町にいたという政次郎だけなので、前よりは絞り込みやすくなっている。こちらも藤七としては、辰五郎を信じて待つしかない。そして刀だが、これこそ藤七にはどうしようもなかった。あの髭面の男がどこにいるのか分からないし、会えたとしても刀を取り戻すだけの腕がないのだ。

伊平次によると、この件をどうにかできるのは太一郎と宮越礼蔵だけだという。礼蔵はともかく、太一郎が動くにはまず鬼猫長屋の子猫を減らさなければならない。藤七にできるのは、一刻も早く巳之助が子猫の引き取り手を見つけてくれるよう祈るのみである。

そんなわけで今日も藤七は朝から皆塵堂の座敷で清左衛門の話を聞かされていた。自分としては本石町の長屋の大家や辰五郎、巳之助などの手伝いをしたいのだが、清左衛門の方が放してくれないのだ。鳴海屋の者を動かしてくれる礼として諦《あきら》めるしかなかった。

しかし嬉々《きき》として語られる清左衛門の木に関する話は、ある人物が皆塵堂にやってきたために止まらざるを得なくなった。身なりのいい若い侍がやってきたのである。古道具を買いに来たのではない。皆塵堂の者に頼みがあって訪れたということだった。

その侍は一番奥の座敷に通された。そしてこちらが特に何も言わなくても、上座である床の間の前に座った。もちろん身分の違いがあるからそれはいい。ただ、その後ろに堂々とした様子で鮪助《しびすけ》が寝そべっているのが面白かった。今この皆塵堂で一番偉いのはあの猫なのではないかと藤七は思った。

「この皆塵堂の地主の、清左衛門と申します」

座敷には伊平次もいるが、侍と話すのは清左衛門だ。

「横にいるのが皆塵堂の店主の伊平次、私どもの後ろに座っているのが……奉公人の藤七。そして向こうの板の間にいるのが小僧の峰吉でございます」

多分、細かく説明するのが面倒だったのだろう。藤七はここの奉公人ということになってしまった。

「うむ」

若い侍は頷《うなず》いた。端正な面立《おもだ》ちで、表情を引き締めているととても有能そうに見える男だった。ただ残念なことに今は困り顔である。

「すまぬが、故《ゆえ》あって私は名乗るわけにはいかないのだ。さる旗本家の用人とだけ言っておこう」

「ほう。その若さで」

清左衛門は驚いたように目を見開いた。

用人とは家老の次の位で、雑事や金銭の出納など司《つかさど》っている者である。小家だと家老を置かないこともあり、その場合はこの用人が万事を取り仕切る。だから当然、有能な者が就《つ》く。

「厄介事《やっかいごと》を押し付けられただけだ。まったく困った話である」

若い侍はますます困り顔になった。

「旗本家は表向きはともかく、裏に回ればどこも内情は苦しい。当家の場合、その上さらに……ああ、困った」

決して悪い人ではなさそうだし、有能なのは間違いないのだろうが、少々愚痴《ぐち》っぽいようだ。

「それで、本日はどのようなご用件でいらっしゃったのでございましょうか」

「うむ。それは……」

若い侍はきょろきょろと辺りを見回してから、声を潜めて言った。

「当家に幽霊が出る。それを何とかしてほしいと頼みに来たのだ」

藤七は後ろから清左衛門と伊平次の様子を窺《うかが》ったが、特に動揺した様子は見えなかった。この手の頼み事は珍しいことではないのかもしれない。それによく考えてみれば、藤七も似たようなものだった。

「皆塵堂なら何とかしてくれると耳にしたのでな」

「ほう。どちら様からそれをお聞きになりましたか」

「それも詳《くわ》しいことは言えない。さる札差《ふださし》からとだけ言っておこう」

札差とは旗本や御家人に支給される蔵米の仲介をする者である。米を金に換えて渡してくれるのだ。もちろん手数料を取るし、蔵米を担保に高利貸しを営んでいたりもする。

「なるほど。札差には何人か知り合いがございますが、皆塵堂のことを知っているとなると……ふむ」

清左衛門は納得したように頷いた。どうやら心当たりがあるらしい。

「ですが、あまり口外されたくないご様子なので、その札差については何も申しますまい。それより、どのような幽霊が出るのかを詳しく教えていただけませぬか」

「うむ。当家に出る幽霊は二人……いや二体か。これは困った。幽霊の数え方が分からぬ」

若い侍は首を傾げた。妙なところにこだわる男だ。

「人の形《なり》をしているのですから、二人と数えても差し支えないのでは」

「そうか……当家には幽霊が二人出るのだが、片方は別に構わぬ。もちろん出ないようにしてくれるなら助かるが、それができなくても仕方がない。昔から当家にいる幽霊で、屋敷替えをしてもついてくる。だから諦めているのだ。ある部屋に一晩につき一回しか出ないので、夜中にそこに入りさえしなければ済む。今回、何とかしてほしいと思っているのはもう一人の方だ。つい最近、出始めるようになったのだが、こちらは屋敷内を動くので困っている。やはり一晩につき一回しか出ないのだが、それでも火の用心のために見回りする女中が怖がってしまってな」

「無理もないことでございましょう。その屋敷内を動く幽霊は、どのような見た目をしているのでしょうか」

「老女だ。どうも古い時代に当家に勤めていた者のように感じる。昔の女中頭《がしら》といったところだろうか」

「なぜそれが最近になって出始めるようになったのでしょう」

「何も分からぬ。だからこそ困ってしまい、こうして頼みにやってきたのだ。ぜひ調べて、出ないようにしてもらいたい」

清左衛門は横にいる伊平次を見た。

「そういうことらしいのだが、お前から訊くことはあるかね」

「ああ、もちろん。ええと、お侍様はご自身の名も、家名も明らかにしていない。つまりすべて秘密裏に進めてほしいということで間違いありませんね」

「うむ。こちらにも体面というものがあるのでな。たかが幽霊に右往左往している、などと言われたら大事だ。当家の名誉に関わる。だから周りに知られるようなことがあったら困るのだ」

「場所が分からないと調べに行けませんが」

「心配ない。外を見えなくした駕籠《かご》をこちらで用意する。皆塵堂の者には、目隠しした上でそれに乗ってもらう」

確かにそれだと旗本屋敷の場所を知られることはない。うまい手かもしれないが、駕籠は揺れるから目隠しすると酔いそうな気がする。

「それでお屋敷に着いたとして、当然そこにはお侍様の他にたくさんの方がいらっしゃると思います。その中を我々のような、言ってしまえば下賤《げせん》の者がうろうろしていいものでしょうか。なんか、下手したら斬られそうな気がするのですが」

「それも心配いらない。すべての者に話は通してあるし、その晩は無人にするつもりだ。そもそも我々家臣は敷地内に別にある長屋で寝起きしているからな。すべての者をそこに押し込む」

「つまり幽霊は母屋……という言い方が正しいのか分かりませんが、長屋ではなくちやんとしたお屋敷の方に出るということですね」

「その通りだ。長屋には出ない」

「旦那《だんな》様……じゃなかった、お殿様はどうなのですか。さすがに長屋に押し込むわけにはいかないでしょう」

「登城されている時に来てもらう」

出仕《しゅっし》する日ということだろう。だいたい昼七つまでに登城し、その夜は城中に宿直《とのい》をする。その間に調べろというわけだ。

「おかみさん……じゃなかった、奥様がいらっしゃるのでは」

「あまり大きな声では言えないのだが、老女の幽霊が出るようになってからご実家にお戻りになってしまった」

「まあ無理もありませんね。ええと、他だとお殿様の倅《せがれ》……若君様とでも言うのかな。それからお姫様とか。そういう方々はいらっしゃらないのですか」

「男ばかり四人いるが、やはりその晩は長屋に籠《こ》もってもらう」

「ふうむ、本当にお屋敷内は空っぽになるのか。それはそれで心配だな。何か盗みをするんじゃないかと疑われたりしませんかね」

「この私がぴったりと見張りにつく。それ以外にも少し離れた所から二、三人の者に見てもらうことになると思う」

「ふうむ……」

伊平次が黙り込んだ。眉間《みけん》に皺《しわ》を寄せ、深く考え込んでいる様子である。

邪魔しては悪いと思ったのか、若い侍も口を閉ざして伊平次が再び話し出すのを待っていた。だが、しばらくすると痺《しび》れを切らしたのか、「困った、困った」と呟《つぶや》き始めた。

用人というのはただでさえ大変な役目であるのに、こんな老女の幽霊のことまで考えなければならない。困るのも無理はない、と藤七は同情した。

「……ええと、お侍様」

ようやく伊平次が喋《しゃべ》り始めた。

「他に二、三人の者にも見張らせるようですし、駕籠を担《かつ》ぐ者もいます。私どものそばにいるのが必ずしもお侍様だけとは限りません。そうなると、呼び方が『お侍様』では不都合になるかもしれない。偽名で結構でございますので、何か呼び名を決めてほしいのですが」

「そのようなことを急に言われても、すぐには思いつかぬ。ええと、何でもと言うのなら……そうだな、『心底困ったの介』とでも呼んでくれ」

いくらなんでも困りすぎである。

「……それなら、駒之介《こまのすけ》様とお呼びするのはどうでしょうか」

「うむ、好きにするがいい。こちらはそれで構わぬ」

「はい。それでは駒之介様。ええと、いつお屋敷に伺《うかが》えばよろしいのでしょうか」

「今夜だ」

「は？」

「ちょうど今日が登城の日に当たっているのでな。できれば今夜のうちに幽霊が出ないようにしてほしいが、それが駄目でも見には来てもらいたい。ま、下見だな。そういうのは早い方がいい」

「……駒之介様、今一度、しばしお待ちください」

伊平次が清左衛門と藤七に顔を向けた。背後を指差した後で立ち上がる。どうやら駒之介から離れて相談するようである。

清左衛門が一礼してから立ち上がったので、藤七もその真似《まね》をした。振り返ると作業場の隅に伊平次はいて、峰吉と何か喋っていた。

「……おいらは嫌だよ。お旗本の家なんて札差への借金がかさんで、どこも貧乏に決まってるんだ。そんな所へ行ったって一文の得にもなりゃしない」

「俺も駄目だぞ。船酔いするから陸釣《おかづ》りしかしないんだ。揺れる駕籠になんか乗れるわけがない」

近づいていくと二人の話し声が聞こえてきた。幽霊屋敷に誰が行くか、という相談のようだ。

「もちろん儂《わし》も行かないぞ。しっかり眠ることが長生きの秘訣なんだ。夜は寝る」

清左衛門も加わった。

「子供だって夜は寝なきゃ」

「お前はもう十五だろ。そろそろ夜更《よふ》かしの味を覚えるべきだ」

「それならなおさら伊平次だな。夜釣りに行くような気分で幽霊屋敷に……」

押し付け合いが始まった。皆塵堂に深く関わっているこの三人のうち、一人くらいは行かないとまずいんじゃないか、と思いながら、藤七は「あのう……」と声をかけた。

「私はただでここに泊まらせてもらって、飯までいただいています。お世話になったお礼に何かご恩返しができないかと考えていました。ですから私が参ります。なんか、奉公人ということになってしまったようですから。しかし私はまだここに来て日も浅いですし、幽霊を見るのも正直に言うと怖いので、さすがに一人だけで行くのは無理です。どなたか一緒に行ってもらわないと困ります。あの駒之介様並みに困ります」

「だけど今はまだ、太一ちゃんは寝込んでいるし」

「そうなんだよな。まさか今夜だとは思わなかった」

「鮪助を連れていけば太一郎も動き出すんじゃないか」

やはりこの三人にはまったく行く気がないようだ。太一郎に押し付けようとしている。

「あのう、さすがに太一郎さんを無理やり行かせるのは可哀想《かわいそう》です。どなたか他の方がいいと思いますが……」

「巳之助さんも猫の飼い主捜《さが》しがあるから駄目か。そうなると連助さんかな」

「あいつは駄目だろう。お侍が相手でも平気で『この世には幽霊などいない』とか言って、馬鹿にし始めるぞ」

「茂蔵か円九郎《えんくろう》がいいんじゃないか。あの二人なら嫌とは言わないだろう」

新たな者への押し付けが始まった。

連助という名は藤七も耳にしている。巳之助が言っていた、室町にある紅白粉問屋の若き主《あるじ》だ。昨日、訪れようとしたのだが、文助の幽霊が出たり長屋の大家に集めた印籠などを見せられたりしたために結局行くことができなかった。

伊平次の口ぶりでは、連助という男は幽霊を信じていないようだ。それなら幽霊屋敷に行くのに適任だと思えるが、それで武家を馬鹿にして、何か厄介なことになったら大変である。別の人の方がいい。

茂蔵には会ったことがある。長谷川町にある大黒屋で働いていた、巳之助の弟分だ。茂蔵の中では清左衛門は大親分ということになっているらしいので、確かに頼めば嫌とは言わないだろう。

ただ、わりと調子のいい軽い男のように感じられた。そのあたりが心配である。

それから円九郎にも藤七は会っている。連れていってもらった千石屋という料理屋で働いていた。清左衛門に対して妙にぺこぺこしているので、不思議に思って訊いてみると、円九郎は実家の紙問屋から勘当されていて、清左衛門が後見人のような者になっているという。つまり清左衛門が認めれば勘当が解かれるということだ。それならこの円九郎も、頼めば嫌とは言うまい。

しかし円九郎はあまり役に立ちそうもない気がする。ただの勘ではあるが。

「……あのう、やはりですね、伊平次さんか峰吉、鳴海屋のご隠居様という三人のうちの誰かが一緒に行くのが……」

「ちょっと待った」

藤七の言葉は峰吉によって止められてしまった。

「うん、ちょうどよかった。茂蔵さんが来たみたいだ」

藤七は店の戸口を見た。そこには誰もいない……と思っていると、茂蔵が現れた。

これには驚いた。多分、足音で気づいたのだと思うが、いくらなんでも耳が良すぎる。

「おや皆さん、おそろいで……あれ、向こうの座敷にお武家様がいらっしゃるじゃありませんか。いったいどうしたんですかい」

店に入ってきた茂蔵は不思議そうな顔をした。

「茂蔵さんこそどうしたの？」

「峰吉にちょっと頼みがあって来たんだ」

茂蔵は何かを風呂敷に包んで手に提げていた。

「峰吉に修繕《しゅうぜん》してもらいたい物があるんだよ。ちょっと難しいかもしれないが」

「別にいいよ。それより茂蔵さんは、『飛んで火にいる夏の虫』って言葉を知ってる？」

「馬鹿にするな。俺だってそれくらい知ってるさ」

茂蔵はむすっとした顔で峰吉を睨《にら》んだ。

「それがどうしたんだよ」

「気にしなくていいよ。話の前置きだから。それでね、実はおいらたちの方にも茂蔵さんに頼みがあるんだけど」

「……嫌な前置きだな、おい」

茂蔵は作業場にいる四人に怯《おび》えた目を向けた。

二

目隠しをされて駕籠に乗せられ、長いこと揺られながらようやくたどり着いた旗本屋敷は暗かった。明かりがまったく点《とも》されていないのである。

しかしそれでも藤七は困らなかった。満月に近い月が空に出ているし、ずっと目隠しをされていたせいで目が闇に慣れていたからだ。屋敷の北側にある裏門で駕籠から下ろされ、そこから南側の表門の方まで歩いてきたが、足下はしっかり見えた。

表門の正面に屋敷の玄関があり、その横に提灯《ちょうちん》が掛かっていたが、そこも点されてはいなかった。やけに黒すぎる提灯だ、と思ってよく見ると布で覆《おお》われていた。多分、家紋を隠したのだろう。用心深いことである。

玄関から目を離して振り返った。表門のある側の塀際《へいぎわ》に家臣たちが寝起きする長屋が建っている。今夜はほとんどの者がそこに籠もっているという。登城している殿様やその従者を除けば、外に出ているのは駒之介と、藤七たちを見張る二、三名の者だけだ。

その駒之介は今、敷地の隅で「困った、困った」と言いながらおろおろしている。駕籠に酔った茂蔵が、そこで青い顔をして蹲《うずくま》っているからである。しばらく屋敷の中には入れそうになかった。

――さて、どうしたものかな。

藤七は空を見上げた。月の位置から考えて、もうすぐ夜の九つになる頃だろう。幽霊が出るのが夜のいつ頃なのか、駒之介は細かく話さなかった。それでも藤七は、出るとしたらそろそろではないかと感じていた。

「……あの茂蔵という男はしばらく休ませていた方がいいな。まったく困ったことだ」

提灯の明かりが近づいてきたので見ると、駒之介が近寄ってくるところだった。茂蔵はまだ隅で蹲っている。その近くに見張りと思われる者が二名立っていた。

「仕方ないから、屋敷の中は私と藤七の二人で回ることにする。ついてきてくれ」

駒之介は藤七に声をかけると、そのまま横を通り過ぎた。さすがに玄関からは入れてくれないらしい。それならどこから上がるのかと思いながらついていくと、屋敷の東側の濡れ縁が続いている所に出た。近くに井戸があった。

「上がる前に軽くでいいから足を拭《ぬぐ》ってくれ」

井戸の脇に置かれていた桶《おけ》に手拭いが掛かっている。あらかじめ水を汲《く》んでおいたようだ。藤七はそれで足を念入りに拭いてから濡れ縁に上がった。

駒之介は近くの障子戸を開けた。

「ここは客人が来た時に初めに入っていただく部屋だ」

「なるほど」

玄関のすぐ脇にある部屋だった。きっとお殿様の支度ができるまで待ってもらう場所だろう。

駒之介は襖《ふすま》を開けて、その隣の部屋に入った。何もない部屋だった。

「ここが客人とお会いになる部屋だ」

次の部屋への襖を開けながら駒之介は言った。奥に床の間がある部屋だった。

「これより北にあるのは、お殿様や奥様の部屋である。そちらに入れることはできないから、西側の部屋へ行く」

駒之介は襖を開けた。玄関から続く板の間があり、それを挟んだ向こう側にまた襖がある。

「あそこは当家のご先祖から代々伝わっている刀や鎧兜《よろいかぶと》など、大事な物が仕舞われている部屋だ。そこも見せるわけにはいかない。こちらに回ってくれ」

駒之介は板の間の脇から出ている短い廊下を通り抜け、その先にある襖を開けた。

「この部屋は特に使われていない。通り抜けるとまた濡れ縁がある」

駒之介の言う通りで、襖の先に中庭に面した濡れ縁があった。

「ここは敷地の北を向いている。玄関の反対側だな。中庭の向こうに見えるのは土蔵だ。見ての通りこの中庭を囲むように濡れ縁がある」

土蔵の側にはないので東西南の三方だけだが、確かに濡れ縁があった。駒之介はそこを西に向かって歩き始めた。

「左側は料理の間だ。その隣は料理に使う道具が置かれている場所だ。そのさらに隣は特に使われていない部屋だ」

説明しながら進むが、部屋の中を見せようとはしなかった。そのまま濡れ縁が曲がっている角の所まで来た。

「この先の、屋敷の北西に当たる場所にあるのは、家臣たちが使う部屋だ」

駒之介は最初の部屋の襖を開けた。文机《ふづくえ》や文箱などが置かれている。

「ここはご家老が使っている部屋だ。その隣が用人の部屋。つまり私が使っている場所だ」

そこも似たような物が置かれているだけの部屋だった。

「さらにその隣は物置として使われている。物が多いので中には入れられない。覗《のぞ》くだけにしてくれ」

駒之介は襖を開けた。薄暗くて何があるのかよく見えなかったが、物がたくさん押し込まれているのは分かった。

「物置の向こうは女中の詰め所になっている部屋だ。昼間、仕事の合間に休む時や、夜中に火の元を見回る係になった者が控えている場所だ。ずっと見回っているわけではないのでな」

そこから駒之介は引き返し、家老の詰め所の南側にある部屋に入った。そこも何も置かれていない部屋だった。

「この隣が湯殿だ。そのそばに厠《かわや》もある。さて、それでは戻るとしよう」

駒之介は中庭に面した濡れ縁から薄暗い廊下に入り、その先の客人と会うための部屋などを通って、二人が屋敷に上がった場所まで戻った。

再び地面に下りる。茂蔵の様子を覗くと、まだ蹲っていた。

「さて、とりあえず一通り見てもらった。恐らくもうそろそろ老女の幽霊が出る頃だと思う。その前に藤七の考えを聞いておこう。どうだったかな」

「そう言われましても……」

「皆塵堂の者なら何か気づくのではないかと思ったが、無理だったか。困ったな」

駒之介は顔をしかめた。

「あ、いや、考えをまとめますので、しばしお待ちを」

忘れていた。自分は皆塵堂の奉公人ということになっていたのだ。世話になっている店に恥をかかせるわけにはいかない。藤七は必死に頭を捻《ひね》った。

駒之介はすべての部屋を見せたわけではない。玄関の西側など、まったく触れられなかった部屋もある。そこが怪しい……ということはない。むしろ反対だ。自分は幽霊のことを調べるために呼ばれたのだから。触れられなかった場所は、わざわざ見せる必要がないと考えたからに違いない。

それなら見せられた部屋が怪しくなる。その中でも特に、中庭に面した場所だ。上がってすぐの客人に関わる部屋は、中庭への通り道だっただけだろう。

中庭の東側にあるお殿様や奥様が使っている部屋は見られなかったが、それは仕方のないことだと思う。それ以外で見せようとしなかった部屋が気になる。刀や鎧兜など大事な物が仕舞われている部屋、料理の間とその道具が置かれた場所、そして北西の端にある女中の詰め所である。その中で最も気になるのは……。

「女中の詰め所が怪しいと感じました」

少し考えれば分かることだった。皆塵堂に来た時、駒之介は老女の幽霊について「昔の女中頭」という言葉を使っていたではないか。

「うむ。その通りだ。老女の幽霊はそこから出てくる」

「やはりそうでしたか」

藤七はほっとした。

「それでは見に行こうか」

「は？」

「そのために呼んだのだ」

駒之介は、今度は屋敷の中に入らず、庭を通って敷地の北側へと向かった。藤七たちが入ってきた裏口の前を通り抜け、土蔵の裏側に出る。駒之介はそこで提灯の明かりを消した。

「土蔵の陰から中庭を覗くぞ。老女の幽霊に見られないようにしろよ。もし潜んでいることに気づかれたら……」

駒之介はその先を言わなかった。

藤七は腰が引けながらも必死に首を伸ばし、中庭を覗きこんだ。コの字形に濡れ縁が囲んでいる。西側は、北西の端から女中の詰め所、物置、用人の部屋、家老の部屋が並んでいる。南側は料理の間とその道具が置かれた場所があり、その隣に大事な物が置かれた部屋がある。東側はお殿様や奥様が使っている部屋だ。

藤七は息を潜めて、女中の詰め所を見つめた。そのままどれくらい経《た》ったか分からないが、目に疲れを感じた頃に、閉じられた襖の隙間《すきま》に光が動いた。

襖が開く。老女は明かりを持っていなかった。見えた光は老女自身だった。うっすらと光っている。

老女は濡れ縁に出た。南へと向かって動き出す。しずしずとした品のある歩き方だったが、そのわりには進むのが速かった。奇妙だ。足の動きと進む速さが合っていない。

濡れ縁の角まで来た老女は、かくっという感じで東を向いた。同じ速さで進んでいく。

そのまま端まで行くと老女は止まった。手を動かしていないのに、目の前の襖がすっと開いた。老女はそこを通り抜けて廊下へと入っていき、藤七の目から見えなくなった。

「ふう……」

安堵《あんど》の息を吐き出す。老女がいる間、ずっと息を止めていた。見つからずに済んでよかった。

「安心するのはまだ早いぞ。すぐ戻ってくる」

駒之介が嫌なことを言った。藤七は顔をしかめると、思い切り息を吸い込んだ。

老女が再び現れた。濡れ縁に出ると、何もしていないのに背後で襖がすっと閉じた。老女はそのまま西に進み、角をかくっと折れて北へと向きを変えた。

女中の詰め所の前まで戻った。襖が自然に開き、老女が部屋の中に入る。その背後で襖が閉まった。

隙間からしばらく光が見えていたが、少しするとそれが消えた。

今度こそ終わりだろう。藤七は大きく息を吐き出した。

「……駒之介様。もし老女の幽霊に気づかれたらどうなるのですか。まさか、死ぬとか」

「いや、そこまでのことはないから安心しろ。だが追いかけられるらしいぞ」

それでも十分に嫌だ。気づかれなくてよかったと心の底から思った。

三

「どうもご心配をおかけしました。あっしは無事です。もう動けます」

茂蔵が元気になった。月明かりの下なので顔色はよく分からないが、声の様子からすると気分の悪さはすっかり治っているように感じられた。

「ご迷惑をおかけしたお詫《わ》びに、ここからはきっちり働かせていただきます。どうせこの件は、鳴海屋の大親分や峰吉の口から巳之助さんに伝わるんだ。へまをしたら殴られる。それなら幽霊の方がましだ。大船に乗った気持ちで任せてください。老女の幽霊なんて屁《へ》でもありませんや。何を隠そう、あっしは餓鬼《がき》の頃……お祖母《ばあ》ちゃん子だったんです」

だからどうしたっ、と巳之助なら殴っているところだ。しかしもちろん藤七はそんなことはしない。ただ駒之介に対して申しわけない気持ちになっただけだった。

きっと困ったような表情をしているに違いないと思いながら横目で駒之介を見た。

「残念ながら老女の幽霊が出るのは一晩に一回だ。すまないな」

案外と駒之介は落ち着いていた。とりあえず今晩はもう幽霊に遭《あ》わずに済むので安堵しているのかもしれない。

「それで、老女の幽霊が出ないようにすることはできそうか」

「ああ、いや……」

ここに来る前に藤七は、屋敷を見てくるだけでいいと伊平次に言われていた。もし幽霊が出たら目をつぶってしまっても構わない。今夜のところは体裁を繕《つくろ》うだけだ。それで駒之介は満足するだろう。後のことは太一郎が動けるようになってからだ、というのが伊平次の考えだ。

だからここは「いったん皆塵堂に戻って相談します」と答えればいいのである。しかしそれでは藤七の方が満足できなかった。知りたいと思うことがあるのだ。

「老女の幽霊が行った先を見ませんでした」

濡れ縁から屋敷の中に入っている。少し経つと再び現れて女中の詰め所へ戻っていったが、その間、どこで何をしていたのか。

「駒之介様は老女の行き先をご存じなのでしょうか」

「う、うむ……知っている」

「そこを調べさせていただけませんか」

　駒之介が困り顔になった。初めに会った時からこの表情をしていることが多いので、さして気にはならなかった。むしろ少しほっとした。

「あの老女の幽霊がどうして出てくるのか。それを知るためには行った先を調べなければなりません」

「うむ、まあ、それは分かる。当然だ」

　そう言うわりには、駒之介はかなり嫌そうに見える。

「実はな、あの老女は、大事な物が仕舞われている部屋に入るのだ」

　先祖伝来の刀や鎧兜が置かれている場所だ。さっき屋敷内を回った時、駒之介はその部屋を見せてはくれなかった。

「もし私どもが何かを盗るとでも思われているなら、その心配は御無用です。こうして駒之介様が見張っているわけですから。とにかく部屋を見せてもらいたいのです」

「ああ、そのような心配はしていない。だから脱がなくていい」

「は？」

　横を見ると茂蔵が褌《ふんどし》一丁になっていた。盗みなどしないという決意を表したのだろうが、それにしても着物を脱ぐのが早い。びっくりした。

「確かにあの部屋を調べないと始まらない。仕方ない、ついて参れ」

重い足取りではあるが、駒之介は歩き出した。

先ほどと同じように東側の濡れ縁から中に入り、途中の部屋を通り抜けた。

目当ての部屋の前まで来る。駒之介はその少し手前で立ち止まり、提灯を高く掲げた。

大事な物が仕舞われる場所だからか、襖ではなく板戸で仕切られている。その引手に指を掛けようとしたところで藤七は動きを止めた。何か忘れているような気がしたのだ。

藤七は引手から指を離し、二、三歩後ろに下がった。

「あっしが開けますよ」

茂蔵が前に出て、無造作に板戸をがらりと開けた。部屋に入るために右足が持ち上がる。

「うおっ」

小さな叫び声が上がった。茂蔵の右足が前ではなく、後ろへと下がった。

藤七は首を伸ばし、茂蔵の背中越しに部屋の中を見た。

「うえっ」

藤七の口からも叫び声が漏れた。こちらに向かって平伏している男がいたからだ。刀は差していないが、身なりや髷《まげ》の結い方から侍だと分かる。

驚いて声を出してしまったが、ここは旗本屋敷なのだから侍がいても不思議はない。頭を下げているのは、きっと用人である駒之介に対してだ。今夜は長屋に籠もるように言われていたのに、こうして屋敷の方に入ってしまったことを詫びているに違いない。

藤七はそう思おうとしたが無理だった。提灯の明かりなんてそう遠くまで照らせるものではない。それに駒之介とこの侍の間には、藤七と茂蔵という二人の男がいる。だから侍のいる辺りはかなり暗くなっていた。それなのに、はっきりと見える。先ほどの老女と同じだ。侍自身がうっすらと光っているのだ。

「うえっ」

再び藤七の口から声が出た。それが合図であったかのように侍が動き出した。「何《なに》卒《とぞ》お許しを」と言いながら、平伏したままでこちらへとにじり寄ってきたのだ。

藤七は仰天し、思わず後ろへと下がった。

ありがたいことに、そこにはちゃんと床があった。だが足に力が入らず、すとんと尻餅《しりもち》をついてしまった。

まだ戸口の所にいた茂蔵がまた声を上げた。そして足に縋《すが》り付こうとしてきた侍を思い切り蹴り飛ばした。

「うわっ」

侍は仰向けにひっくり返ると、そのますうっと消えていった。その様子を見ながら藤七は、さすが茂蔵は巳之助の弟分だけのことはある、と思った。見た目から何からまったく違う二人だが、幽霊への対処の仕方は似ている。

「……だからここに入るのは嫌だったんだ」

藤七が部屋の中に入って周りを見回していると、駒之介が戸口から覗き込んで言った。幽霊の気配はもうないが、それでも足を踏み入れたくないようだ。

「そういえば、幽霊は二人でしたね……」

忘れていたのはそれだった。ある部屋にしか出ないと駒之介は言っていたが、それがここだったらしい。こちらは別に構わないというような話だったので、頭から抜けてしまっていたのだ。

「あのお侍の幽霊に会うために、老女の幽霊はここへ来るのでしょうか」

「いや違う。老女の幽霊がここに入るところにちょうど行き合わせてしまった者がいるのだ。あの幽霊が部屋の中でやはり平伏していたが、老女の幽霊は見向きもしなかったという」

「ふうむ」

確か、男の方は昔から出ている幽霊で、屋敷替えがあってもついてくるという話だった。老女の幽霊が出るようになったのは最近だ。そうすると二人の幽霊たちは、まったく関わりがなくて別々に動いているのだろうか。

「……その、ちょうど行き合わせたという不運な人は襲われなかったのでしょうか。さっきの茂蔵さんのように」

「うむ。火の用心のために見回りをしていた女中だったから助かったのだろう。あの幽霊は男のときしか出ないのだ」

藤七はまだ戸口のそばで呆然《ぼうぜん》としている茂蔵を見た。褌一丁のとても男らしい格好をしていた。

もっとも着物を身につけていても襲われたに違いない。茂蔵が前にいてくれて助かった。そう思いながら藤七は改めて部屋の中を見回した。

先祖伝来の刀や鎧兜が置かれているというのは嘘ではなかったが、数があるわけではないので部屋はすっきりしていた。刀架《とうか》に載せられた刀が壁際《かべぎわ》にある。鎧兜が収められていると思われる大きめの箱が隅の方に積まれている。それだけだ。

「刀が一本ないようですが……」

刀架は二組ある。そのそれぞれに大小が載せられているはずなのだが、なぜか片方には脇差《わきざし》しかなかった。

「昔からだ。それこそ私が生まれる前から失われている」

「左様でございますか」

ついこの間、自分も刀を失った。黒松屋の蔵にあった刀だが、まさかあれが、実はここにあった刀だということはないだろう。いくら何でも話ができすぎだ。

「……それはいつ頃のことか分かりますでしょうか」

念のために訊《たず》ねてみた。自分のくだらない思いつきが間違いであってほしい。

「三十年ほど前からだと聞いている」

「うっ……」

いや、まだだ。髭面の男に奪われた、あの刀だと決まったわけではない。

「……どうして失われてしまったのでしょうか」

「ううむ。知ってはいるが、当家の恥になるのでな。教えることはできない」

「ご存じのように私はここまで目隠しをされてきました。それに駒之介様の本当の名も知りません。言い触らしようがないのです。ここで駒之介様からお聞きした話が外に漏れるなどということはあり得ないので安心してください。それに、もしかしたらですが、お侍の方の幽霊を出なくするようにできるかもしれません」

「うん？」

駒之介は首を曲げて考え込み始めた。話すべきかどうか迷っているのだろう。なかなか決めきれないと見えて、「困った、困った」と呟いている。この人はいつも困っているな、と思いながら藤七はその様子を見守った。

「……本当に他言無用だぞ」

話すことに決めたようだ。藤七は大きく頷いた。

「あの幽霊は、今のお殿様の弟君に当たるお方だ。男の兄弟は四人いて、お殿様が長男、あのお方は四番目だ。当然、家は継げないからどこか他所《よそ》へ婿《むこ》に行くことになる。ところがなかなかいい婿入り先が見つからなくてな。部屋住みのようになっていたそうだ。そういう立場であることが不安だったせいか、外で飲み歩くようになってしまった。しかし先代のお殿様は厳しいお方で、遊ぶ金など渡さなかった。それである時、その四番目の弟君は、この部屋に忍び込んで刀を盗み出したのだ。それを形《かた》にして金貸しから借金をしたらしい」

「ううっ……」

繋がってしまった。自分が奪われた刀がそれだ。

「そんなことは当然すぐばれる。先代のお殿様はお怒りになり、かなり厳しく叱《しか》ったという。それからほどなくして……四番目の弟君は亡くなった。そのあたりのことは、詳しくは知らぬ」

自ら命を絶ったか。あるいは無理やり詰腹《つめばら》を切らされたか。

「そういうわけで、ここの刀は一本足りないのだ」

「なぜ刀を買い戻さなかったのでしょうか」

「さて。噂《うわさ》では借金をした金貸しが分からないからだというが」

もしかしたら、それを聞き出す前に激高した先代のお殿様が斬ってしまったのかもしれない。

「話は終わりだ。どうだ、あのお方の幽霊を出ないようにできそうか」

「あ、いえ、それは皆塵堂に戻って他の者と相談しないと、何とも……」

「うむ、そうか。今日は下見だったな。しかし家中の者一同、みな困り果てているので、なるべく早急に頼む。もちろんあの老女の幽霊もな」

「は、はい……」

そちらのことは何も分かっていない。しかしそれは仕方ないだろう。自分にできるのは、今夜この屋敷であったことをありのままに伊平次たちに伝えることだけだ。その後のことは知らない。自分はもうすぐ越ヶ谷宿に帰ってしまうのだから。

「それでは、駕籠で皆塵堂のそばまで送ろう」

「ああ、お待ち下さい、駒之介様。もう一つ、お伺いしたいことがございます。この部屋の掃除や刀の手入れなどは、どなたがやっているのでしょう」

正直に言うとこれはどうでもいいことなのだが、気になったら知りたくなるのが藤七の性分である。幽霊が出る部屋など誰も入りたがらないと思うのだが、それにしては綺麗《きれい》だったので不思議に思ったのだ。

「元々、掃除は女中がしていた。先ほども言ったように、あの幽霊は男が相手の時しか出ないのだ。刀は女中でも一番上の者、つまり女中頭がここから運び出して、他の部屋で係の者が手入れをしていた。こちらでは昔からそうする習わしなのだ。しかし老女の幽霊が出るようになってから、女中たちもこの部屋に入りたがらなくなってな。それで困っていると、四番目の若君様が、これから刀の手入れは自分がやると申し出て……」

「ま、待ってください。四番目のお方はお亡くなりになられたのでは。そしてここで幽霊として……」

「勘違いしているな。私が言っているのは、今の若君様の話だ」

「あ、ああ……」

幽霊の方は先代のお殿様の四番目の息子。刀の手入れをしているのは今のお殿様の四番目の息子だ。

「実を言うとその若君様もなかなか婿入り先が決まらなくてな。外で飲み歩くことが多いのだが……さすがに借金はないようだ。そのあたりのことは私も気をつけている」

「左様でございますか」

幽霊を恐れずに刀の手入れをすることを申し出るくらいだから、今のお殿様の四番目の息子の方が少しはましなのだろう。

「うむ。それでは駕籠で……」

「ああ、お待ちください」

藤七はまた駒之介を止めた。とある考えが頭に浮かんでしまったのだ。これは正直、間違いであってほしい。一応、念のために確かめてみるが……。

「駒之介様。お願いがございます。あの大小が両方揃《そろ》っている刀の、長い方をちょっと抜いてみてほしいのですが」

「妙なことを頼むものだな。しかしそれはできぬ。あれは当主の一族と、刀の手入れをする係の者以外は抜いたことがない。だからこの私には……」

「そこを何とかお願いします。少し抜くだけでいいのです。もしかしたら老女の幽霊の方も出なくすることができるかもしれません」

「うん？」

駒之介は腕を組んで俯き、深く考え込み始めた。ずっと「困った、困った」と言い続けている。この人の困り顔もいい加減に見《み》飽《あ》きたな、と思いながら藤七はその様子を眺めた。

「本当に少しだけだぞ」

やがて顔を上げた駒之介は神妙な顔で告げた。

「もちろんでございます。刃をちょっとだけ見せてくだされば十分です」

「うむ、それでは」

駒之介は刀架に近づくと、慎重な手つきで刀を持ち上げた。

藤七の方を向いた。刀を横にして顔の前に掲げ、そっと鞘《さや》から抜く。

「……な、なんだこれは？」

すぐに駒之介は大声を上げた。刃が異様に短かったからである。わずか三寸ほどしかない。しかもそれは竹光だった。

――ああ、やっぱり。

間違いであってほしいと思った勘が当たってしまった。これは峰吉が作った冗談のような品物だ。

どうやら当家の四男坊は、ここから外へ刀を持ち出したようだ。それが金を作るためだったのか、知人などに自慢するためだったのかは分からない。確かなのは刀が手元から失われてしまい、代わりに皆塵堂で買った竹光をこの部屋の刀架に置いたということだ。

元からあった刀の拵《こしら》えに家紋などが付いていなかったのが四男坊にとって幸いだった。それで見た目の似ている刀を探し回って、皆塵堂にたどり着いたのだろう。

――もしかするとその刀も、あの髭面の男に奪われたのかもしれないな。

老女の幽霊は、その刀を探しているような気がする。侍の幽霊は自分が刀を借金の形にしてしまったことを詫び続けている。だからどちらの幽霊も、刀さえ戻れば出なくなるに違いない。

まったくこの旗本家の四男坊どもは、と藤七は溜め息をついた。その前では駒之介が「困った、困った」と言い続けていた。

四

藤七と茂蔵が旗本屋敷から戻ったのは明け方だった。

行く時もそうだったが、二人はかなり長い間、駕籠に揺られていた。多分、屋敷の場所が突き止められないようにするために遠回りをしたり、同じ道を何度も通ったりしたのだろう。お蔭《かげ》でまた茂蔵が駕籠に酔った。

それに行きは平気だった藤七も、帰りは少し気分が悪くなった。空腹と寝不足が加わったためかもしれない。青い顔をして戻った二人は皆塵堂の作業場に敷かれた布団《ふとん》に転がされ、そのまま眠りについた。

藤七が目を覚ましたのは、日がすっかり高く昇った後だった。

見回しても誰もいなかった。清左衛門はともかく、伊平次や峰吉の姿も見えない。茂蔵が寝ていた布団ももぬけの殻だ。驚いたことに、いつも床の間にいる鮪助すら消えていた。

不安になった藤七は作業場から店土間に下り、戸口から表を覗いてみた。通りはひっそりしている。元から人通りは多くない道だからそれは驚かないが、この皆塵堂の店番はどうなっているのだと首を傾げた。

客が来たら自分が相手をしなければならないのだろうか、と顔をしかめながら中に戻り、再び作業場に上がった。伊平次と峰吉が寝間に使っている隣の部屋を通り抜け、一番奥の座敷に入る。障子戸が開いていたので、そこから庭を覗いた。

「ああ、起きたんだ」

そこに峰吉がいたので藤七はほっとした。

「気分はどう？」

「うむ、寝たらよくなった。今はいつ頃だろうか」

「もう昼の八つを過ぎているよ」

「うわっ、そんなに眠っていたのか」

一晩中起きていたし、いろいろあって疲れたから仕方ないかもしれないが、それにしてもよく寝た。

「茂蔵さんはもう帰ったのかい」

「昼前にね。おいら、朝からちょっと出ていたんだよ。それで戻ってきたのがその頃なんだ。茂蔵さんは入れ替わりで帰っていった。大黒屋の仕事があるからね。結構急いでた」

「ふうん」

急ぐことができるのなら元気になったのだろう。安心した。

「伊平次さんは？」

「釣りに行ったよ」

「鮪助は？」

「ついさっき表に出ていった」

「ご隠居様は、今日は来ないのかな」

「朝早くから来てるよ。おいらが出ている間、店番をしてくれていた。今は隣の米屋さんに行ってる」

「ふむ」

訊いてみると特に何ということもない平穏な日だ。藤七はその場に座り、峰吉の様子に目を向けた。砥石《といし》で鑿《のみ》を研《と》いでいるようだった。藤七が越ヶ谷宿から持ってきた大きめの箱も庭に置かれている。

「佐治平さんの道具を研いでいるのかい」

「四文で買ったから今は皆塵堂の物だ。おいらが古道具を修繕する時に使おうと思ってね。ちょうど直さなきゃならない物があるんだよ。それなんだけどさ」

峰吉は座敷の隅を指差した。風呂敷包みが置かれている。藤七はその模様に見覚えがあった。茂蔵が持ってきた物だ。

「茂蔵さんの頼みってのは、それを直してくれってことだったんだよ」

藤七は包みを開いてみた。真っ二つに割れた観音像が出てきた。

「それは茂蔵さんが子供の頃に、名人と呼ばれた彫物大工から貰《もら》った観音像なんだ。ところがついこの間、茂蔵さんは酒に酔った勢いで祠を開けちゃってさ。中に納めてあった呪《のろ》われた髪の毛を出しちゃったんだ。それで危ない目に遭いそうになったんだけど、すんでのところで助かったらしいんだよ。で、大黒屋に戻ってみたらその観音像が割れていたんだって。身代わりになったってことみたい。観音様もそんなことしなくていいのにね。茂蔵さんが真っ二つになっていた方が面白かったのに」

「へえ」

この小僧の口の悪さには慣れた。藤七は気にせずに観音像を手に取った。感心するほど綺麗に真っ二つになっている。剣術の達人が切れ味のよい刀ですっぱりと切ったかのようだ。

「釘を使うのはどうかと思うし、ご飯粒でくっつけるのはもっての外だし、直し方を迷っていたんだよね。で、ちょうど佐治平さんという指物師《さしものし》と知り合ったことだし、何かうまい手はないかって朝から訊きに行ってたんだ」

「それは凄《すご》いな」

娘さんがどうのこうのという話になったために佐治平とは最後はあまりいい別れ方をしていない。それなのによく訪ねられたものだ。

「なんかいろいろ言ってたけど、要は両側に鑿で穴を掘って、木の棒を間に挿《さ》し込んでくっつけるってことみたいなんだよね。でも抜けないような工夫をしなきゃいけないし、観音様だから下手なことして駄目にしたくないし、とにかく難しいから佐治平さんにやってもらおうと思ったんだ。そうしたら佐治平さんは、『俺が教えてやるから、どんなに長くかかっても自分でやれ』って言うんだよ。おいらもこれから他の古道具を直していくのに指物の技は覚えておいた方がいいかなと思って、お願いしますってことになったんだ。それで、まず刃物の研ぎ方を教えてもらってきたところ」

「ふうむ」

そこから始まるのか。本当に長くかかりそうだ。

峰吉の邪魔をしては悪いと思い、藤七は座敷を出た。作業場にまだ自分たちが寝ていた布団が敷かれたままになっていたので、畳《たた》んで隅に寄せる。それから裏の長屋の厠へ小便に行き、戻ってくると清左衛門が座敷にいて、のんびりと煙草《たばこ》を吸っていた。

「ご隠居様、おはようございます」

「もう八つ時を過ぎているよ。かなり疲れて帰ってきたようだな。旗本屋敷では大変だったみたいだね」

「はい、しかしとんでもないことが分かりました。驚いたことに髭面の男に奪われた刀が関わっていて……」

藤七は清左衛門のそばに座り、昨夜のことを説明しようとした。ところが清左衛門は手を前に出してそれを制した。

「何も食わずに寝続けていたから腹が減っているだろう。あと少ししたら飯を食いに連れていってやるから、そこで聞かせてもらうよ。儂の方からも話したいことがあるんだ。杵《きね》のことを調べていた隣の米屋の辰五郎が、書き付けにあった政次郎という男の話を聞き込んできてね」

「ありがたいことでございます」

これで残っていた杵についても何とかなるかもしれない。

「それから、お前が寝ている間に本石町の長屋の大家さんが訪ねてきたよ。鶴兵衛さんと言ったかな。遠州屋にいた番頭の行方《ゆくえ》が分かったらしい」

「これまたありがたいことです。こちらがお伺いすべきところでした。それならすぐに、本石町に行かないと」

藤七は腰を浮かせたが、また清左衛門が手でそれを止めた。

「慌《あわ》てることはない。休むことも大事だよ。今日一日くらいはゆっくりしてもいいんじゃないか」

「しかし、それでは……」

江戸に来て今日で五日目だから、越ヶ谷宿へ帰るのは明後日になる。のんびりしているわけにはいかない。

「鶴兵衛さんには明日行くと伝えておいた。辰五郎の方も、もう少し詳しく調べてもらうことになっている。だから杵のことを片付けるのも明日だな。そして髭面の男に奪われた刀の件も……」

清左衛門は店先の方へ目を向けた。

「……おっと、ちょうどいらっしゃったようだ」

藤七もそちらを見た。店の中に男が入ってくるところだった。

「これはこれは、わざわざ足を運んでいただいて申しわけありません」

清左衛門が立ち上がり、出迎えるために座敷から出ていった。藤七もすぐに後に続いた。

皆塵堂にやってきたのは、三十は過ぎていると思われる痩《や》せた侍だった。姿勢もいいし歩き方も堂々としているが、決して強そうには見えない。多分、浪人者だろうと藤七は感じた。

「おおよその話は伊平次から聞いている。それで今日は、どうなっているのかと思って伺ったのだが」

浪人らしき男は清左衛門から藤七へと目を移した。

「ふむ。お主が越ヶ谷宿から来た藤七という男か。拙者《せっしゃ》は宮越礼蔵だ」

「あ、ああ。宮越先生でございますか。お噂はかねがね」

刀を駄目にしてしまう呪いにかかった手習《てならい》の師匠だ。藤七は頭を下げながら、礼蔵が腰に差している刀を見た。そうするとあれは竹光に違いない。もちろん中身は三寸ではなく二尺以上はあるだろうが、やはり峰吉が作った物だ。

「宮越先生、いらっしゃい」

礼蔵が作業場に上がり、そのまま座敷へと歩いていくと、峰吉が庭から挨拶《あいさつ》をした。

「ほう、小僧は刃物を研いでいるのか。本当によく働くな。いつ来ても感心させられる。相変わらず店の片付けだけはしないようだが」

峰吉に関しては礼蔵も他のみんなと同じことを思っているようだ。

「それで、『刀狩りの男』とかいう面白そうなやつの話はどうなっているのかな」

礼蔵は床の間の前に腰を下ろすと清左衛門に訊ねた。

「宮越先生も伊平次から聞いていると思いますが、肝心の男が使いものにならないので、今はまだ何とも……」

清左衛門も礼蔵の前に腰を下ろした。

「ああ、それなら心配ない。先ほど走り回っている姿を見たのでな。そろそろここへ追い込まれてくる頃だろう」

礼蔵が言い終わるのとほぼ同時に、店の外で男の叫び声のようなものが聞こえた。それがだんだんと近づいてくる。

何事だろう、と藤七は店先を見た。すると若い男が悲鳴を上げながら店の中に飛び込んできた。年は藤七とさほど変わらない、どこかの商家の若旦那といった感じの男だった。

「み、宮越先生、ご無沙汰《ぶさた》をしております」

男は下に転がっている様々な古道具をものともせずに店土間を通り抜け、素早く履物を脱いで作業場に上がった。

戸口から白茶の塊《かたまり》も飛び込んできた。鮪助だ。男を追いかけているように見える。

「あっ、あなたが藤七さんですね。初めまして」

男は作業場から隣の部屋に入った。慌てているせいか、少し滑って前のめりになる。その背後では鮪助が店土間を一気に駆け抜け、ぽんと跳ねて作業場に乗った。

藤七は目を瞠《みは》った。皆塵堂にやってきて五日目になるが、こんな風に動いている鮪助を見たのは初めてだ。いつも床の間で寝ていたし、たまに歩く時ものっしのっしという感じだった。猫だから当たり前と言えなくもないが、今の鮪助は驚くほど速い。

「鳴海屋のご隠居様、お久しぶりで……あっ」

鮪助が一気に男に迫り、床を蹴ってその背中へと飛びついた。

男は前につんのめり、片手を前に伸ばした姿勢で床にうつ伏せになった。

「ご隠居様……助けて」

「鮪助も久しぶりにお前に会ったんだ。しばらくそのままでいてやるといい」

「そ、そんな……」

男は片手をぱたっと床に下ろした。力尽きたようだ。その背中の上では鮪助が座り込んで毛繕《けづくろ》いを始めていた。

「巳之助のやつが今日になってようやく子猫たちを新しい飼い主の許へと運んでいったんです。それでやっと動けるようになったのに、またここで……」

なるほど、これが銀杏屋の太一郎らしい。藤七は猫の下敷きになっている男をまじまじと見た。

最初にこの太一郎のことを耳にした時には、間抜けそうな男だと感じてしまった。だが幽霊が見えるという話を聞いたり、あの巳之助の幼馴染《おさななじみ》だと知ったりするうちに、何となく化け物のような印象を抱いてしまっていた。ところが今こうして実際に目の当たりにしてみると……。

――初めに感じたのが正しかったような気もしてくるな。

藤七は首を傾げながら、ぐったりしている太一郎を見つめた。

旅の終わりに

一

日本橋を南に渡った藤七は、その先に続く通りを見て目を丸くした。まず道幅が広い。その左右に軒を連ねているのは大店《おおだな》ばかりだ。当然、人がたくさん歩いている。浅草や両国の広小路を見た時もそうだったが、やはり江戸は違うな、とただひたすら感心した。

藤七が向かっているのは、ここをまっすぐ行って京橋《きょうばし》を渡り、さらに進んだ先を右に曲がった辺りにある山下町という所である。辰五郎が仕入れてきた話によると、書き付けにあった政次郎という男は、今はその町にある搗米屋《つきごめや》の主《あるじ》になっているらしい。名も政右衛門《せいえもん》に変えているそうだ。多田屋《ただや》という屋号まで分かっている。

江戸に出てきて六日目になる今日は、藤七は朝から清左衛門とともに本石町にある長屋の大家、鶴兵衛の許を訪れていた。遠州屋の番頭だった男はすでに故人だったが、その息子を鶴兵衛は見つけてくれたのだ。さほど遠くない町に住んでいて、鶴兵衛は番頭の息子も家に招いていた。お蔭《かげ》で藤七は早々に印籠《いんろう》を渡すことができた。

残るのは刀と杵《きね》だ。このうちの刀に関しては太一郎と宮越礼蔵の手助けがないとどうしようもない。二人とは夕方に落ち合うことになっているので、それまでに藤七は自力で杵の方を片付けなければならなかった。

思ったより早く印籠の件が済んだので藤七はほっとした。まだ日本橋の南側へは行ったことがなかったが、道案内として清左衛門も本石町に一緒に来ている。これで山下町へは迷わず行けるし、その町で誰かに訊《たず》ねれば政右衛門がやっている多田屋という搗米屋も苦労なく見つかるはずだ。杵の件も夕方までには余裕を持って終わらせられる……。

だが、藤七のその考えは甘かった。本石町で誤算が生じたのだ。清左衛門と鶴兵衛の会話が驚くほど長くなってしまったのである。鶴兵衛が持っている鶴に関する道具の中に、木で作られたものがたくさん含まれていたためだった。

藤七はいらいらしながら二人の話が終わるのを待った。途中からは駒之介のように

「困った、困った」と呟《つぶや》きながら待ち続けた。それでも続くので、とうとう本石町の長屋を出てしまった。そういうわけで今、一人で山下町へと向かっているのだ。もう昼近くになっている。

杵は風呂敷に包み、斜めにして背負っている。初めのうちはよかったが、傾いているせいで体の片側が痛くなってきた。どこかで傾きを反対にして背負い直した方がいいかもしれない、と考えながら藤七は京橋を渡った。

このまま進んでいくと新橋《しんばし》があるが、山下町はそれよりも手前を右に曲がった方だと聞いた覚えがある。道案内がいなくても着けそうだ。

――あれ？　それを誰に聞いたんだっけ。

清左衛門ではない。峰吉や伊平次も違う。相手は確か……巳之助だった。何かの話の折に山下町が出てきたのだ。ただ、話の内容は思い出せなかった。

何だったかな……と藤七が首を傾げていると、その巳之助が通りの向こうから歩いてくるのが見えた。

まだ少し離れている。それに間には大勢の人々が行き交っている。それなのにはっきり巳之助だと分かる。凄《すご》いことだ。

藤七が感心している間に巳之助はどんどん近づいてきた。魚を入れる半台《はんだい》という桶《おけ》の付いた天秤棒《てんびんぼう》を担《かつ》いでいる。魚売りの仕事の途中のようだ。

「おうおう、藤七じゃないか。どうしたんだ、こんな所で」

巳之助がこちらに気づいた。体や顔だけでなく、声も大きいので周りの人々がじろじろと眺《なが》めている。少し気恥ずかしかった。

「……ええと、杵の元の持ち主らしき者の居場所が分かったので向かっているところです」

「それなら俺も付き合ってやろう」

「いえ、まだ仕事の途中でしょうから結構ですよ」

「ほとんど終わったよ。鰺《あじ》が一匹だけ売れ残っているが、これはそこら辺の猫にでもくれてやるさ」

巳之助はくるりと踵《きびす》を返した。天秤棒を持ったままで付き合ってくれるようだ。顔は怖いが優しい人だよな、と思いながら藤七はその横を歩き始めた。

「そういえば長屋の子猫たちはすべて新しい飼い主の許に引き取られたそうですね。昨日、太一郎さんから聞きました」

「いや、すべてではない。例の猫三十郎だけは引き取り手が決まっていないんだ」

猫がいじめられていたら体を張って助ける、そんな者に猫三十郎の飼い主になってほしいというのが巳之助の望みだった。さすがになかなか見つからないらしい。

「まあ子猫が一匹残ったが、それでも太一郎が動けるようになったからよかったよ。おっと、ここだ」

巳之助は通りの角を曲がった。ここまで来ると山下町はすぐだろう。

「もし猫三十郎にこれといった飼い主が見つからなかったら、どうするつもりですか」

「太一郎には悪いが、その時はうちの長屋で飼うさ。ああ、茂蔵に押し付けてもいいかな。あいつは餓鬼《がき》の頃、いじめられていた猫を助けたことがあるんだよ」

「へえ」

意外ではあるが、一昨日のことを考えると分からなくもなかった。茂蔵は幽霊を蹴り飛ばしていたではないか。案外、いざとなると強いのかもしれない。

「だけど茂蔵がいる大黒屋にはもうすでに二匹飼ってもらってるからな。また押し付けるのは、茂蔵はともかく店主の益治郎さんに悪い気がする」

「はあ、そうですねぇ」

そろそろ山下町に入る頃かもしれない。藤七は左右に建ち並ぶ店に目を配り始めた。

「……おじちゃん。祟《たた》りのおじちゃん」

突然、横の道から幼い女の子の声がした。

「おっ、お前はこの前会った子じゃないか」

巳之助がびっくりしたような声を出した。

どんな話をしていた時に山下町の名が出てきたのか、藤七は思い出した。以前、巳之助がこの町を歩いていたら、女の子から「おじちゃんはどうしてそんなにお顔が怖いの？　祟りなの？」と訊《き》かれた、という話だった。これがその女の子のようだ。

「お嬢ちゃん、凄いね。よく巳之助さんの顔を怖がらずに話しかけられるものだ。偉いぞ。ずっとその勇気を失わずにいるんだよ」

「おい藤七。てめぇ、なんてこと言い出すんだ……まあいいけどよ。それよりどうしたんだ、お嬢ちゃん。泣きそうな顔をしているが」

巳之助の言う通りだった。女の子は目に涙を溜《た》めている。

「迷子……ではないな。この前もこの辺りで会ったんだから。誰かにいじめられたのか」

女の子は首を振った。

「あたしじゃなくて、猫がいじめられているの」

ただでさえ鬼のような巳之助の顔が、ますます怖くなった。

「なにぃ」

「向こうにね、空き地があるんだけど、木に猫が縛《しば》られているの。男の人がやったんだけどね、また戻ってくるかもしれないから……」

「なるほど、それで俺に、猫を助けてやってくれ、と言いに来たわけだな」

女の子は頷《うなず》いた。

「よし、猫のことはこの祟りのおじちゃんに任せておけ。昼飯時だからお嬢ちゃんはもう家に帰りな。親孝行するんだぜ」

巳之助は天秤棒を担いだまま走り出した。さすが仕事で足腰が鍛えられているだけのことはある。異様に速い。あっという間に姿が見えなくなった。

藤七は女の子に手を振ってから巳之助の消えた方へ歩き出した。あの速さなら巳之助はとうに空き地に着いて猫を助けているだろうと思いながら、のんびりと曲がり角を折れる。するとその次の角に巳之助がいた。板塀《いたべい》に体を寄せて、その先を覗《のぞ》いている。

「どうしたんですか」

藤七が話しかけると、巳之助は「喋《しゃべ》るな」と低い声で言った。何を見ているのだろう、と藤七も角から覗き込む。

二人が隠れている斜め前の、通りを挟んだ向こう側に、三方を板塀に囲まれた空き地があった。木が一本立っていて、そのそばに一匹の猫がいる。

猫はしきりに後ろ脚を震わせていた。どうやらそこを紐《ひも》で結ばれているようだ。もう一方の紐の端は木に括《くく》りつけられている。

空き地にいるのは猫だけではなかった。一人の若い男がその猫へと近づいていく。藤七と同じくらいか、一つ二つ年下に見える。

「あの男が猫を結んだやつでしょうか」

「いや、違う。猫に向かって『逃がしてやる』みたいなことを言った声が聞こえた」

猫は怯《おび》えて暴れ出した。しかし若い男はものともせず、猫の首の後ろをつかんで持ち上げた。そのまま木の方へと寄っていく。多分、紐が緩むようにしたのだろう。

「猫の扱いに慣れているな」

巳之助が感心したように呟いた。

紐が外されて地面に下ろされると、猫はもの凄い速さで駆け出していき、あっという間に見えなくなった。若い男がぼんやりとそれを見送っている。

「また誰か来たぞ」

巳之助が囁《ささや》く。猫を助けた男よりさらに少し年下の、十六、七くらいの男が空き地に入ってきた。擂粉木《すりこぎ》のような棒を手にしている。

「何だよ、逃がしたのかよ」

新たに現れた男が、猫を逃がしてやった男を睨《にら》んだ。

「……あれが猫を木に縛り付けた野郎みたいだな」

「そのようです」

そのまま板塀の角に隠れて見守っていると、空き地の二人が言い合いを始めた。どうやら後から現れた男が勤めている店の庭を、あの猫が厠代《かわや》わりに使っていたらしい。それで店の主が困っていたので、捕まえて木に括りつけた、ということのようだった。

しばらくすると、さらに大勢の男たちが通りの向こうから現れて空き地に入っていった。七、八人はいる。猫を括りつけた男と同じ店の奉公人だろうか。みな手に竹箒《たけぼうき》や柄杓《ひしやく》などを持っている。

「ちょっとまずいんじゃないですか」

猫を助けた男が囲まれる。はらはらしながら藤七が見守っていると、周りの男たちが一斉《いっせい》に襲いかかった。

「ああ、さすがに多勢に無勢じゃ無理か。可哀想《かわいそう》に」

「巳之助さん、呑気《のんき》なことを言っている場合じゃありません。あの人、叩《たた》かれていますよ」

猫を助けた男も初めは抵抗していたが、やがて地面に蹲《うずくま》ってしまった。その背中に容赦《ようしゃ》なく擂粉木や竹箒が振り下ろされている。

「だ、誰か呼んできましょうか」

「心配ない。俺一人で十分だ。だけどあんまり早く出るとこっちが弱い者いじめみたいになっちまう。大義名分が必要だから、あの男にはもうちょっとやられてもらおう」

「よ、弱い者いじめって……」

相手は得物を手にした十人ほどの男たちだ。どこが弱いのか。

「それよりも……これはあれかな。あの叩かれている男は、いじめられている猫を助けたってことでいいのかな」

「は？　ううむ……まあ、よろしいのではないでしょうか」

猫がいじめられる最中に颯爽《さっそう》と現れて、というわけではないし、助けた後でいいようにやられているが、間違ってはいない。

「それなら、あの男でもいいかな。よし、そろそろ行くか。ああ、藤七は出てこなくていいぞ。半台を見張っていてくれ」

巳之助は天秤棒を藤七のそばに残して歩き出した。急ぐ様子はまったくない。悠々と空き地に入っていく。

連中のうちの一人が巳之助に気づいた。竹箒を持っているやつだ。巳之助を横目で睨みながら、あっちへ行け、という風に手を振った。

巳之助は歩みを止めない。まっすぐその竹箒野郎に近づくと、襟首《えりくび》をつかんで横に放り投げた。巳之助は片手を使っただけなのに、竹箒野郎は驚くほど遠くへ吹っ飛んでいった。

他の連中も巳之助に気づき、一斉に襲いかかってきた。しかし巳之助は涼しい顔で一人ずつなぎ倒していく。たまに柄杓などで叩かれもするが屁《へ》とも感じていないようだ。むしろ得物の方が折れている。

あっという間にすべての連中が倒された。みな腹や顔などを押さえて地面に転がっている。痛そうだ。

「あ、あなた様は……」

猫を助けた男が巳之助を見上げて驚きの声を上げた。もしかして知り合いだったのか、と思ったが、その後で「……どちら様ですか？」と訊いている。違ったようだ。

「けっ、若い娘や猫ならいざ知らず、男を相手に名乗りたくなんかねぇよ」

巳之助が答えている声が聞こえてくる。さすがだ。猫には名乗るらしい。

その後も巳之助は何やら若い男と喋っていたが、藤七は周りに倒れている連中の方が気になって話している内容が頭に入ってこなかった。回復しつつある者が現れ始めたのだ。

初めに吹っ飛ばされた竹箒野郎が動き出している。巳之助に気づかれないように地面に横たわったまま少しずつ体をずらし、手から離れた竹箒を拾おうとしている。

出てこなくていいと言われているが、さすがにこれは知らせるべきだ。藤七は身を潜めている板塀の角から出ていこうとした。しかしすぐにその足を止め、元の場所に戻った。

巳之助は竹箒野郎の動きに気づいていたようだ。いよいよ竹箒を摑《つか》む、というところでつかつかと歩み寄り、その手を思い切り踏みつけた。

「おら、さっさと起きて、てめぇらの店に案内しやがれ、この糞野郎どもが。何なら、みんなまとめて俺が引きずっていっても構わねぇんだぞ」

続けて巳之助は、連中の中で一番年嵩《としかさ》に見える男を蹴飛ばし始めた。なるほど、確かにこれは弱い者いじめだ。もはや連中には戦意がない。どいつもこいつも怯えた目で巳之助を見つめているだけである。

「ちょっと待っててくれ」

巳之助が猫を助けた男に告げて藤七の方に向かってきた。半台から売れ残りの鰺を取り出し、すぐに空き地へと戻っていく。

「これをチュウに食わせてやれ」

猫を助けた男に巳之助はその鰺を渡した。入れ物などがあるわけではないので、男は鰺を手につまんだまま困ったような顔をしている。しかし巳之助はそんな男の様子を気にすることもなく、まだ空き地に倒れている連中の方へ向かっていった。

「おら、さっさと起きて店に案内しろ」

巳之助の怒声を受けて連中はのろのろと起き出し、だらだらと歩き出した。空き地から通りに出て、店があると思われる方に向かってぞろぞろと進んでいく。

巳之助が連中を追い立てるように怒鳴りながらついていく。杵の元の持ち主である政右衛門を捜《さが》さなけりゃならないのに、と思いながら藤七は天秤棒を担ぎ、その集団を追いかけた。

「チュウって誰ですか？」

巳之助に追いついたところで、藤七は最初にそう訊いた。今後のことなどいろいろと知りたいことはあるが、まずそれが気になったのだ。

「あの男はチュウという猫を飼っているそうだ。それで猫の扱いに慣れていたのかな。チュウはまだ子猫みたいだし、猫三十郎の遊び相手にちょうどいいかもしれない」

「へえ」

猫なのにチュウ。その名前はどうなんだと思いながら藤七は振り返った。猫を助けた男が空き地の前で鯵を手に呆然《ぼうぜん》と突っ立っていた。

二

連中が働いている店は間口が大きかった。中にある土間も広い。そこにいくつもの臼《うす》や杵が置かれているのを見て、藤七は「あれ？」と思った。

戸口の上に掲げられている看板を見る。多田屋と書かれていた。

――おいおい、ここだよ……。

政右衛門がやっている搗米屋だ。あっさり見つかってよかったが、このままではまずい。これから杵を渡さなければならないのだ。その前に事を荒立てたくない。話がしづらくなる。

巳之助を落ち着かせなければ、と藤七は急いで多田屋の中に入った。

「おらぁ、この店の主、出てきやがれ」

遅かった。藤七が止める前に巳之助は店の奥に向かって怒鳴ってしまった。

「俺がここの主だぁ。何だてめぇは」

奥から返事が聞こえ、すぐに五十代後半くらいの年の男が姿を現した。政右衛門だろう。柄の悪い連中を奉公人に使っているだけあって気が強そうだ。搗米屋という仕事をしているためか、体もがっしりしている。

「てめぇの店の連中が猫をいじめてたから文句を言いに来たんだよ」

「それがどうした。たかが猫くらいでつべこべ言ってんじゃねぇぞ、この野郎」

「たかが猫たぁ聞き捨てならねぇな。喧嘩《けんか》売ってんのか、この野郎」

「先に売ってきたのはそっちだろうが、この野郎」

「やるか、この野郎」

「当たり前だ、この野郎」

巳之助と政右衛門の間で言葉の応酬《おうしゅう》が始まる。主の勢いに背中を押されたのか、店土間にいる奉公人たちも怖い顔で巳之助を睨んでいた。

もうお終《しま》いだ。穏やかに話をするのは無理になった。それでもここまで来たのだから、是《ぜ》が非《ひ》でも杵は渡さなければならない。世話になった伯父や、清左衛門など手助けしてくれた者たちの恩に報いるためだ。しかし、もしこのまま巳之助と政右衛門が殴り合いの喧嘩になったら、今日中にはそれが無理になってしまうかもしれない。だからその前に話をつけなければ駄目だ。

「あのう……」

嫌だなぁ、と思いながら藤七はおそるおそる声を出した。

「多田屋の主の政右衛門さんでございますね。若い頃は政次郎という名で、鉄砲町の方に住んでいたという……」

「いかにもその通りだが、てめぇは何だ?」

政右衛門はじろりと藤七を睨みつけた。怖い。

「ええと、その……こ、これを見てほしいのですが」

藤七は背負っていた風呂敷包みを下ろして中身を取り出した。

「柄の取れた杵だな。それがどうしたって言うんだ」

「これは仁兵衛……いえ、桑次郎という者が大事に蔵に仕舞《しま》っていた杵で……」

「ああ？」

政右衛門の顔がますます怖くなった。

「それは、すっぽんの桑次郎のことか」

「は、はい」

「てめぇ、桑次郎さんの何なんだ」

「わ、私は、甥《おい》に当たる者です。伯父がやっていた越ヶ谷宿の旅籠《はたご》で働いている者で、その伯父がふた月前に亡くなって……」

しどろもどろになりながら説明する。政右衛門は怖い顔で睨んだままだ。

「……蔵からいろいろな物が出てきて、その元の持ち主を捜すために江戸に来て、その中に杵があって……」

政右衛門の片手が上がった。喋るのをやめろということだろう。藤七は言葉を止め、息を呑んで多田屋の主の様子を見守った。

政右衛門は藤七の掲げている杵をじっと見つめている。その表情は険しい。樟屋《くすのきや》の徳左や指物師《さしものし》の佐治平の許を訪れた時と同じように、桑次郎への文句を聞かされることになりそうな気配である。いや、それだけで済めば儲《もう》けものだ。この政右衛門という男は血の気が多そうだから、下手をすると殴りかかってくるかもしれない。

藤七は身構えながら政右衛門の次の言葉を待った。

しばらくすると政右衛門の目が杵から離れた。相変わらず表情は険しい。その顔のまま、今度は土間に並ぶ多田屋の奉公人たちへ目を向けて、怒鳴った。

「おい、てめぇら。こちらは俺の恩人の甥御さんだ。間違っても粗相《そそう》があっちゃなんねぇぞ。ぼさっとしてねぇで、さっさと客人を迎える支度をしやがれ」

奉公人たちは目を丸くしている。政右衛門はその一人一人に指図をし始めた。

「おら、てめぇは菓子を買ってこい。茶はかかぁが……おっと、留守か。なら代わりにてめぇが淹《い》れろ。そっちのは急いで座敷を掃け。こっちのは拭《ふ》け。小僧は障子《しょうじ》の桟《さん》の埃《ほこり》を取れ。店番はお前に任せる。しばらく手が離せないから、俺に用があるやつは追い返せよ。あとは……」

多田屋の奉公人たちと同様、藤七も目を丸くしながら政右衛門を見つめた。巳之助も口をあんぐりと開けている。

「客人を待たせるわけにはいかねぇ。てめぇら、早く行けっ」

威勢のいい返事とともに奉公人たちが一斉に動き出した。思わず藤七もその中に交じって、一緒に自分たちを迎えるための支度を始めようとしてしまった。

「……桑次郎さんは一風変わった取り立て屋だったんだ」

多田屋の座敷で政右衛門が喋り始めた。すでに藤七と巳之助の目の前に茶と菓子が置かれている。部屋も綺麗《きれい》に整えられていた。あの奉公人たちは、柄は悪いが仕事は早いようだ。

「俺は政次郎と名乗っていた若い頃、今よりはるかに喧嘩っ早くてね。それが元で勤めていた搗米屋から追い出されたことがあるんだよ。鉄砲町の汚い裏店に移り住んで、しばらくは荒れた暮らしをしていた。賭場に出入りしたり、一日中酒を飲んだりしてね。当然すぐに金が尽きた。それで借金をしたんだが、返済が滞《とどこお》ってね。まあそれも当然なんだが。で、桑次郎さんが現れたってわけだ」

「伯父はどのような取り立てをしたのでしょうか」

「そもそも俺が稼がなきゃ借金を返すことはできない。だから桑次郎さんは最初に、追い出された搗米屋に俺を連れていったんだ。そしてもう一度働かせてくれと頭を下げて頼んだ。もちろん俺も一緒に頭を下げさせられたよ。で、何とか再び勤められるようになったんだが、信用が失われていたから住み込みで働くのは無理だった。鉄砲町からの通いだ。そうしたら桑次郎さんは、毎朝俺を起こしに来てね。店に着くまでついてきた。昼間も俺がちゃんとやってるか見るために、たまに現れたよ。俺が借金を返し終わるまでずっとだぜ。たいした額じゃなかったが、返し終わるまでに五年はかかったと思う」

「ははあ」

なるほど、さすが「すっぽんの桑次郎」と呼ばれるだけのことはある。食らいついたら離れない。

「俺だけじゃなく他の者の取り立てもしていたからな。まあ忙しそうだった。そんな桑次郎さんを見ていたので俺も少しは心を入れ替えてね。なるべく喧嘩はしないようにして、仕事に精を出した。そのお蔭で今ではこうして自分の店を持つまでになった」

「はあ、ご立派なことです」

「うちで使っている連中は、俺と同じように勤め先を追い出されたり、遊びで借金をこさえたりして道を踏み外しそうになったやつらだよ。俺みたいに何とか真っ当な道に戻れる者もいるんじゃないかと思って雇っているんだ」

「なるほど」

ますます立派だ。

「まあ、中には逃げ出すやつもいるけどな。そんなわけでちょっと威勢のいい連中がそろっているんだ。迷惑をかけてしまったな。すまなかった」

政右衛門が頭を下げたので藤七は恐縮した。

「そんな……どうか頭を上げてください。政右衛門さんのお蔭で私は救われました。杵だけじゃなく他にも伯父が残した道具があって、それを返して回ったのですが、あまり伯父の評判はよくなくて心が塞《ふさ》いでいたのです。中には伯父のせいで命を落とした者もいるようですし……」

簪《かんざし》を残した菊治とその妹のお粂《くめ》。それに遠州屋の文助。刀を借金の形《かた》にしたことで責められた旗本家の昔の四男坊もそうだから、少なくとも四人はいる。

「おかしいな。俺が知る限りでは、そんなやつはいないはずだが。借金を返し終わった後も桑次郎さんとは付き合いがあったから、たまに一緒に酒を飲むことがあってね。その時にいろいろ話を聞いているんだ。必ずしも俺と同じように桑次郎さんに感謝している者ばかりじゃないし、しつこい取り立てのためにむしろ恨《うら》んでいるやつの方が多いくらいなのは確かだよ。しかし桑次郎さんのせいで死んだってやつはいないと思う。そいつの名は分かるか?」

「ええと、詳《くわ》しいことは言えないのですが、簪を残した者とか……」

「ああ、本所の方に住んでいた遊び人か」

名前を言わなくても政右衛門は分かったようだ。

「桑次郎さんが越ヶ谷宿に帰る少し前に扱った件だな。そいつは実家から金や物を持ち出す野郎だった。桑次郎さんは何とかそれをやめさせようとしていたんだが駄目だった。そいつは実家から盗ってきた簪を質に入れて遊ぶ金に使ったんだよ。桑次郎さんはそれを知ってわざわざ質屋から取り戻した。身銭を切ってね。で、実家に返そうとしたが、その場所が分からない。当人に訊こうとしたら、そいつは何者かに刺されて死んでしまった。長屋の者たちは誰かから口止めでもされているのか、まったく教えてくれない。それでとうとう桑次郎さんの手元に簪が残ったままになったんだ」

「ははあ。それを聞いたお蔭で少しほっとしました」

伯父が悪いわけではなかった。しかしそれでもお粂は気の毒である。藤七は心の中で手を合わせた。

「他にも、これは名前を言っても平気だと思いますが……文助という人も命を落としています」

「ああ、どっかの店の手代だな。それも覚えている。確かそいつが金貸しの所に借金をしに来た時に、桑次郎さんが現れて『そんなやつに貸すことはない』と言ったんだよな。桑次郎さんは後になって悔やんでいたが、俺はよくやったと思っている。どうして桑次郎さんがそんなことを言ったかというと、そいつは店の金を落としたふりをして、すべて博奕《ばくち》に使ったからなんだ」

「ま、まさかそんなことをする人が……」

「兄さんはまだ若いから知らなくても無理はないが、世の中にはね、使っちゃいけねぇ金を博奕につぎ込んじまう馬鹿がいるもんなんだよ。大金を持たせちゃいけねぇんだ、そういうやつには。多分、店の番頭さんも分かっていて、そいつには厳しくしていたと思うぜ。だけど、どうしても手が離せない用事があって、売掛金を取りにやらせたんだろう。桑次郎さんは仕事柄、賭場にも出入りしていたからな。俺みたいなやつが来ていないか見張るためにね。それで、その手代のことを聞き込んだんだよ。その後で仕事を貰《もら》っている金貸しの所にいったらそいつがいたので、貸すことはないと言ったわけだ」

「ふうむ……」

本石町の長屋の大家の鶴兵衛には、話が捻《ね》じ曲がって伝わっていたようだ。だが噂《うわさ》とはそういうものだと死にたがりの若旦那が言っていた。よしとしよう。それよりも他に訊くべきことがある。

「伯父の手元に印籠《いんろう》が残っていたのですが、それについて政右衛門さんは何か聞いてはいませんでしょうか」

「桑次郎さんに会う前に、手代は別の金貸しの所に行っていたんだ。売掛金には足らない額だったが、その印籠を置いていくことで金は借りられた。もう分かっていると思うが、手代はその金をやはり博奕につぎ込んで擦《す》ってしまったんだ」

「はあ」

馬鹿な男だ。

「桑次郎さんはそれを知って、その金貸しから印籠を買い取った。なぜそんなことをしたのか俺は不思議に思ったんだが、桑次郎さんが言うには己《おのれ》への戒めのためらしい。自分が別の立ち回り方をしていれば手代は死なずに済んだんじゃないか、と気に病んでいたみたいだな。取り立て屋なんて碌《ろく》でもない仕事をしていたし、わりと無愛想でいつも顔をしかめていたが、根は真面目な人だったから」

「そう……ですね」

江戸へ来てから伯父への印象が酷《ひど》いものになりかけていたが、政右衛門の話を聞いて安心した。江戸での伯父も自分が知っている仁兵衛と変わりがない。

「……ええと、これこそ名を明かすことはできないのですが、ある旗本家の刀も伯父の手元に残されていました」

「それは桑次郎さんとはまったく関わりがない。金貸しが借金の形として取り上げた物だ。しかしその刀が夜中にぶつぶつと泣き言を呟《つぶや》くらしいんだよ。そんな刀はどこにも売れないし、捨てると祟りがありそうで怖いしで、金貸しは困り果ててしまった。それを見兼ねた桑次郎さんが引き取ってあげたんだ」

「なるほど」

どの者の死も、根本のところでは伯父と関わりがない。これはよかったが、まだ引っかかることが残っている。

「それからこれは人が亡くなられたわけではありませんが……伯父のせいで娘さんを女郎屋に売り飛ばされた人がいるみたいなのです」

「ああ？　それこそあり得ねぇな。どこの誰がそんなことを言ったんだい」

「とある指物師の方なのですが……桑次郎と関わらなければ可愛い娘を取られずに済んだとか言っていて」

政右衛門が突然大声で笑い始めた。

「お、お前、それは……はははは、駄目だ、おかしくて息ができねぇ」

藤七と巳之助は目を丸くしてその様子を見守った。わけを知りたいが、政右衛門の笑いはなかなか収まらなかった。

仕方なく巳之助と二人で茶と菓子をいただいていると、裏口の方で「ただいま」という女の声がして、足音が近づいてきた。

「あら、お客さんがいらっしゃっているのね。申しわけありません、ちょっと他所《よそ》に出ていたもので」

どうやらこの家のおかみさんのようだ。

「お、おい、お勝《かつ》。聞いてくれよ。ああ、駄目だ。おかしくて喋れねぇ」

政右衛門の息はまだ整っていない。とりあえずこの男の女房の名がお勝だということだけは分かった。

「すみませんねぇ、うちの人が笑って話ができないみたいで。今、お茶を淹れ替えて……あら？」

お勝が巳之助の顔を見て首を傾げた。

「あなたは確か……お父《と》っつぁんの家のそばですれ違った人じゃないかしら。うちの人と同じくらいおっかない顔をしているから覚えて……あら、ごめんなさいね」

「ああ、顔のことを言われるのは慣れているから別に構わねぇよ」

巳之助は気にしていないという風に手を振ってから茶を啜《すす》った。

「あの、おかみさん……お父っつぁんの家とは？」

藤七は訊ねた。心当たりはある。自分は俯《うつむ》いて他のことを考えていたので気づかなかったが、女の人とすれ違ったと峰吉が言っていたのを覚えている。その場所は……。

「神田松枝町にあたしの両親が住んでいましてね。もう年だから、たまに様子を見に行くんですよ。子供はあたし一人だけだから、いずれはここに引き取るようになると思うんですけど、お父つぁんは頑固《がんこ》な人でね。うちの人の世話になる気なんかないって言って、まだ年寄りだけで住んでいてね」

「すみません……それは指物師の佐治平さんのことでございますか」

「ええ、そうよ」

お勝は大きく頷いた。

これはいったいどういうことだろう、と藤七が困惑していると、ようやく息が落ち着いた政右衛門が口を開いた。

「佐治平さんも桑次郎さんの取り立てにあった一人でさ。俺と同じような目に遭《あ》ったわけだ。で、何とか借金を返して、暮らしも立て直したんだが、その時のせいでこのお勝のやつが嫁に行き遅れていたんだよ。ちょうどその頃、俺も何とか身を立ててい けそうな感じになっていたんで、桑次郎さんが間に入って俺たちを引き合わせたんだ」

「な、なるほど」

桑次郎の仲立ちで二人は夫婦《めおと》になったということか。確かに佐治平から見れば、桑次郎のせいで娘が取られたと言えなくもない。

「何だかんだ言っても、お父つぁんとうちの人は仲がいいですけどね。たまに一緒に飲んでいますから。さて、あたしはお茶を淹れ替えてきますね」

湯呑《ゆの》みを持ってお勝は出ていった。

「……政右衛門さん。まだお伺いしたいことがあるのです。伯父の仕事振りを聞くと、どう考えてもそれで旅籠を買い取るほどの金が溜まったとは思えません。どこからその金が出たのでしょうか」

「餞別《せんべつ》みたいな物かな。仕事柄、恨まれる方が多かったが、借金地獄から抜け出せたことで感謝している俺みたいなやつも他にいないわけじゃないんだ。へそ曲がりだが、佐治平さんもその一人だし。で、そういう中には俺なんかよりもはるかに大きな店を持っているやつもいるんだよ。桑次郎さんが越ヶ谷宿に帰る時に、そんなやつらが多少は金を包んだみたいだ。それと、桑次郎さんに仕事を頼んでいた金貸しもな。もちろんそれでも足りなかっただろうが、そこは金貸しと繋《つな》がりがあるから、安い利息で不足分を借りられたんじゃないかな」

「ははあ……」

伯父も裏では金の苦労をしながら旅籠を営んでいたんだな。それなのに自分を雇ってくれたのだ。藤七は今さらながら深く仁兵衛に感謝した。

「俺はお勝と一緒になって間もなかったし、子供もあいつの腹の中にいたんでね、金を包むことはできなかった。そういう連中は代わりに餞別として何か物を渡したんだ。俺の場合はお前さんが持ってきた杵だよ。初めはちゃんと柄の付いた物を渡そうとしたんだが、運びづらいと桑次郎さんが言ってね。柄を外して杵の先だけを越ヶ谷宿に持っていった。残された柄はうちの神棚に飾ってあるぜ」

佐治平は自分の仕事道具を餞別代わりにしたらしい。

「徳左さんという方がいらっしゃるんですが、もしかしてその人も伯父に餞別を渡したのでしょうか。徳左さんの煙草《たばこ》入れが残されていて、先日お返ししたのですが、燃やされてしまったんです。伯父のことを嫌っているみたいでしたが……」

「樟屋の徳左か。うん、確かにその人も餞別を渡していた。だけどね、そいつは表では桑次郎さんに感謝しているみたいな顔をしていたが、腹の中では悪く思っていたようだったな。嫌っているというよりも、恐れているという感じだ」

そういう印象を藤七も持ったことを思い出した。

「徳左も俺や佐治平さんと同じような取り立てをされたんだけどな。まあ、受け取り方は人それぞれだ。ある人は感謝し、別の者は嫌う。何でもそうだと思うぞ。結局、俺が言いたいのは、世の中にはいろいろな人がいるってことだ」

「おっしゃる通りです」

それは死にたがりの若旦那に会った時に思った。

「ああ、それともう一つ、返すあてのない借金はするなってことも言っておくよ。あとで苦労するからな」

「はあ、肝に銘じておきます」

「桑次郎さんも亡くなったことだし、越ヶ谷宿の旅籠に残されても困るだろうから、お前さんが持ってきた杵はありがたく受け取るよ。神棚に飾らせてもらう。それから……そうそう、猫の件があったたな」

政右衛門は巳之助の方へ顔を向けた。

「うちの連中が猫をいじめてたのは申しわけなかった。ここの庭でいつも小便をしていく猫でね。それで俺が愚痴を言ったことがあるんだ。あいつらはそれを聞いて、俺のためにどうにかしようと思ったんじゃないかな。だから元を正せば俺が悪いということになる。別に俺は、そこまで猫を嫌っているわけじゃないんだが」

「だったらいっそのこと飼っちまったらどうですかい。ここは搗米屋なんだ。猫がいれば鼠除《ねずみよ》けになる」

「ははは、考えておくよ」

巳之助の提案に政右衛門は苦笑いをしながら頷いた。その顔を見ながら、藤七は心底ほっとしていた。これで杵も片付いた。残りは刀だけだ。

三

藤七は駒込《こまごめ》の田んぼの中に小さくぽつんとある木立《こだち》の中に潜んでいる。日はとうに暮れ、東の空には月が見えていた。

太一郎と宮越礼蔵も一緒である。藤七から刀を奪っていった、あの髭面《ひげづら》の男を待ち伏せているのだ。太一郎によると、この近くに男が江戸で暮らしている家があるという。なぜ知っているのかと訊くと、太一郎は「刀の気配を感じるから」と答えた。それが本当かどうか藤七には分からないが、今は太一郎を信じるしかなかった。

「出てくるといいですね、あの髭面」

辺りを見回しながら藤七は呟いた。家まで押しかけることもできるが、それは最後の手段である。近隣の者を驚かせたくないし、礼蔵も広い所の方が戦いやすいというので、ここで待ち構えているのだ。

「巳之助さんもいてくれたら心強いのに」

昼間見た、多田屋の奉公人たちを一蹴した巳之助の雄姿を思い浮かべた。あの魚屋なら、刀を持った相手でも怯《ひる》まずに向かっていきそうだ。

しかし巳之助は、あの猫を助けた若い男の許に向かってしまった。猫三十郎を託すためだ。驚いたことにその男の名を巳之助は訊いていなかった。それでもチュウという子猫を飼っていると分かっているので、猫好き仲間たちを通して男までたどり着けるのだという。

「ああ、もちろん宮越先生がいらっしゃいますから、その必要がないのは分かっております。枯れ木も山の賑《にぎ》わいとでも申しますか、こちらの人数は多い方がいいかなと思いまして」

すぐ近くに礼蔵がいることを思い出し、藤七は慌《あわ》てて言い繕《つくろ》った。礼蔵は気にした様子もなく、静かに道の先に目を注いでいた。

「私が気にしているのは、髭面の男がどの刀を差してくるか、ということです」

太一郎がぼそりと言った。この幽霊が見えるという男は、通りではなく、田んぼの先をじっと見つめている。多分、そちらの方に髭面の男の家があるのだろう。

「藤七さんが奪われた刀、あるいは同じ旗本屋敷から最近持ち出された刀のどちらかだったらまずい。宮越先生と戦ったら相手の刀は無事では済みませんから。折れるか曲がるか、とにかく駄目になってしまう」

「そ、それは困ります。私もそうですが、駒之介様が困り果ててしまいます」

その様子が容易に頭に浮かぶ。「困った、困った」と言うのが止まらなくなりそうだ。

「駒之介様という方はともかく、老女の幽霊が嘆くでしょうね。かなり昔に、その旗本家に勤めていた人のようです。藤七さんが奪われた刀は、もっと後にその家にもたらされた物で、老女がいた頃には最近持ち出された方の刀しかなかった。それを当主はかなり大事にしていたらしい。それがなくなってしまったので、老女は毎晩現れて確かめに行くのです」

「はあ」

太一郎は旗本屋敷に行っていないというのに、そんなことまで分かるのか。藤七は舌を巻いた。

「ああ、それから、ついでに言っておきます。藤七さんは越ヶ谷宿から江戸に来るまでの間に様々な不運に遭われたそうですが、それは背負っていた道具のせいですよ。それが江戸に運ばれてくるのを恐れていた者がいたようです。その一方で、簪に憑《つ》いていたお条《くめ》さんの幽霊のように、江戸に呼び寄せようとする者もいたみたいですけどね」

「待ってください。お条さんの幽霊のことは分かります。しかし……」

道具が江戸に運ばれてくるのを恐れていたというのは、桑次郎を恐れていた、という意味と等しいと思う。そういう人物が確かにいたが……。

「藤七さん。死者の幽霊よりも、生霊の方が始末が悪いんですよ」

やはり徳左のことだったようだ。

藤七はますます舌を巻いた。幽霊に関することなら、この太一郎は何でも分かるみたいだ。

せっかくだからもっと何か訊ねておいた方がいいかな、と知りたがりの藤七は頭を捻《ひね》った。しかしそれを思い付く前に、「来たようだ」と礼蔵が呟いた。

藤七は慌てて道の向こうへ目をやった。礼蔵の言うように人影が近づいてくる。月明かりがあるとはいえ、まだ遠いので藤七にはそれが男か女かすら分からなかった。

しかし礼蔵にはしっかり見えているようだ。

「旗本屋敷の刀は家に残されているようですね」

太一郎が田んぼの先を見つめながら言った。

「男が持っている刀を奪われた人には悪いが……宮越先生、存分にやっていただいて結構です」

「うむ」

礼蔵が木立を抜けて道に出た。

人影が立ち止まる。礼蔵がいきなり現れたので、様子を窺《うかが》っているようだ。まさか引き返さないだろうな、と藤七ははらはらした。

人影が再び動き出した。こちらの方へ向かってくる。しばらくすると藤七の目にもその姿がはっきりと見えるようになった。あの髭面の男だ。

「……何者かな」

礼蔵まであと五、六間といった辺りまで近づいたところで、髭面の男は静かにそう言った。声は落ち着いた感じだったが、左手が腰の刀に添えられている。

「拙者《せっしゃ》は宮越礼蔵と申す者。刀狩りの男と呼ばれている者とやり合ってみたくて待ち伏せさせてもらった」

礼蔵が答えた。こちらは腕組みをしている。

「ほう、俺の正体を知っているようだな。俺は福永《ふくなが》という者だ。今は武者修行で諸国を巡っている」

「自分に相応《ふさわ》しい刀を探し求めていると聞いているが」

「弘法筆を選ばず、とは言うが、俺はそこまで立派な者じゃないんでね。粗悪な刀だと俺の技量に追いついていないと感じることがあるんだよ。それで武者修行のついでに、己の技量に相応しい刀を探しているというわけだ」

福永は礼蔵の腰へと目をやった。

「……拵《こしら》えはなかなかの物だが、はたして中身はどうかな」

「竹光だよ」

礼蔵が正直に答えたので藤七はびっくりした。確かに鞘《さや》に納まっているのは峰吉が作った竹光である。しかしそんなことを言ったら、勝負を避けられてしまうかもしれない。

「ふふ、面白いことを言う」

福永は冗談だと思ったようだ。藤七は胸を撫《な》で下ろした。

「立ち姿を見るだけで、お主が尋常ではない腕の持ち主だと分かる。当然、相応の刀を持っているに違いない」

「試してみるか。もちろん拙者が負けたらこの刀はくれてやる。その代わり拙者が勝ったら、今まで集めた刀をすべていただくぞ」

「いいだろう」

福永はすっと刀を抜いて正眼に構えた。一方の礼蔵は柄に手をかけただけで抜きはしなかった。お互いにそのままの姿勢で睨み合っている。

岡っ引きの弥八の言葉を藤七は思い出した。髭面の男は自分の刀で、相手の刀を巻き取るような動きをすると言っていた。それならば恐らく福永は、礼蔵が刀を抜くのを待っているのだろう。

さて礼蔵はどうするつもりか、と息を呑んで見ていると、福永の構えが上段に変わった。誘っているようだ。しかし礼蔵はまったく動かなかった。

福永の刀がゆっくりと下がっていく。やはり礼蔵はぴくりともしない。

「ふん」

馬鹿にしたように笑い、福永は刀を腰の鞘に納めた。勝負をやめる気か、と藤七は驚いたが、それもまた誘うための動きだったようだ。直後に福永は地面を蹴り、一気に間合いを詰めたのである。

ここで初めて礼蔵が動いた。同じように地面を蹴り、福永に向かっていったのだ。お互いの刀が届く位置まで来た時に、双方の刀が抜き放たれた。その後の動きは分からない。そのあたりで藤七は目をつぶってしまったのだ。

再び目を開けた時にはもう、勝負は終わっていた。自分の肩を刀で叩きながら悠然と福永を見つめる礼蔵と、その礼蔵の刀を呆然と見つめる福永の姿があった。

「本当に竹光だったのかよ……」

福永はそう呟くと、自分の手にある刀に目を移した。真ん中の辺りで折れてしまっていた。

「俺の負けのようだ。仕方がない、これまでに集めた刀はお主に差し上げよう。その代わり教えてほしいことがある」

「何かな」

福永の目が再び礼蔵の刀に移った。

「その竹光を作ったのは何者だ？」

「……稀代《きたい》の名人、峰吉である」

藤七は思わず吹き出しそうになり、慌てて口元を押さえた。横を見ると太一郎も肩を震わせていた。

「峰吉……聞いたことがないな」

「知る人ぞ知る、といった隠れた名人だからだ」

「その峰吉は竹光だけでなく、当然、本物の刀も作るのだろうな」

「さて、拙者はこの竹光しか作ってもらったことがないので何とも言えぬ。だが少なくとも最後に見た時には、刃物を扱っていた」

嘘ではない。峰吉は鑿《のみ》を研《と》いでいた。

「まだご存命か、その名人は」

「生きている。恐らくお主が思っているよりも若い男だ」

今年で十五である。

「ふむ……それで、その峰吉という名人はどこに住んでいるのかな」

「それを訊いてどうするつもりだ」

「決まっている。刀を作ってもらうのだ。それこそが俺が追い求めていた刀に違いないからな。むろん今、俺が負けたのを刀のせいにする気はないよ。竹光で本物の刀をへし折るという、信じがたいことをやったのだ。お主の技量の方が上なのは間違いない。だが、俺とお主の間で、それほどの大きな差があるとはとても思えんのだ。その竹光がよほど優れていたとしか考えられない」

礼蔵が呪《のろ》われていることを福永は知らないので、そういう考えに至ってしまうのも無理はないだろう。

「別に峰吉の住《す》み処《か》を教えてもらえなくても構わないさ。その名を聞いただけで十分だ。俺は元々江戸の人間なのでね。この辺りにそんな名人がいないのは分かる。だから再び江戸を離れて、武者修行の旅に出るよ。そして己の腕を磨きつつ、峰吉を見つけ出して刀を作ってもらう。そうしたら江戸に戻ってくるから、また俺と勝負をしてくれないか」

「構わんよ。今日は俺の方から勝負を仕掛けたのだ。次はお主の方からかかってくればいい」

「うむ、約束だぞ。それでは俺は旅支度をするからこれで帰らせてもらう。一刻も早く名人を見つけたいからな。明日早々には江戸を離れる。集めた刀はその前に届けよう。どこへ持っていけばいい？」

「それなら……お主も気づいていると思うが、そこの木立に二人の男が隠れている。片方は浅草阿部川町にある銀杏屋という道具屋の主だ。もう片方は江戸の者ではないが、今は深川亀久町にある皆塵堂という古道具屋にいる。そのどちらかに持っていってもらえばいい」

「阿部川町の銀杏屋か、亀久町の皆塵堂だな。承知した」

福永はくるりと踵を返した。

藤七と太一郎は木立を出て礼蔵の横に立った。三人で去っていく福永の背中を見つめる。

「……まさか名人峰吉なんてのが出てくるとは思いませんでした」

藤七が言うと、礼蔵は「うむ」と頷いた。

「だがその幻の名人の刀を手に入れるという目的があの男にはできた。これで刀狩りなどという馬鹿な真似《まね》はしなくなる。峰吉には感謝だな」

「そうですね」

思えばあの福永も、決して悪い男ではなかった。己の剣の腕を極めるために生きている求道者だと言える。ただ、そのやり方がほんの少し曲がっていただけだ。

遠ざかっていく福永を見つめながら、藤七はそう思った。

四

藤七が越ヶ谷宿に帰る日の朝が来た。

いろいろとあったが、何とかすべての目的を果たせて、初めての一人旅を終えることができた。感無量である。

江戸を出立《しゅったつ》するのは昼過ぎになる。巳之助がそれまで仕事をしているからだ。太一郎も一緒に見送りにやってくることになっている。

皆塵堂の座敷にはいつも通り、早くからやってきた清左衛門が座っている。伊平次もさすがに今日は釣りに行かずに座敷にいた。峰吉は客が来ないかと店先でうろうろしている。

まだ早いが、挨拶《あいさつ》だけは済ませておこう。藤七はそう考え、清左衛門に向かって深々と頭を下げた。

「本当にお世話になりました。ご隠居様がいらっしゃったからこそ、すべての道具の元の持ち主を見つけ出すことができたのです。それに、木に関する大変面白い話を聞かせてもいただきました」

「うむ。そんなことを言ってくれるのは藤七だけだ。そのうちこちらから黒松屋に足を運ばせてもらうよ。庭に生えている赤松を見たいからね」

「……ぜひおいでください」

まさか伐りに来る気じゃないだろうな、と一抹《いちまつ》の不安を覚えたが、藤七はにこやかに返事をした。

「それから伊平次さんも、本当にありがとうございました。ここにただで泊めさせていただいた上に、飯まで食わせてもらってしまって……」

「前にも言ったが、藤七はご隠居の話の相手をしてくれた。こっちとしてはそれだけで十分に元が取れるんだよ。ご隠居の機嫌がいいと、店賃《たなちん》を払わなくてもあまり文句を言われずに済む」

清左衛門がじろりと伊平次を睨んだ。しかしまったく動じずに伊平次は話を続けた。

「それより藤七。もし江戸に来て料理の修業をしたいと考えているなら、千石屋に話をつけてやるぞ。住み込みで働けるから店賃の心配をせずに済む」

「し、しかし、雇うだけの余裕がないかもしれません」

「それなら円九郎を追い出せばいいだけの話だ」

「は、はあ……」

円九郎という男は実家から勘当されていて、それを解くには後見人である清左衛門に認められるしかない。だから清左衛門が命じれば、千石屋から別の場所に移るだろう。

しかしそれはさすがに円九郎に申しわけないと思った。

「……頭に入れておきます」

まだ伯父の仁兵衛が死んでふた月しか経っていないのだ。今はまだ新しい主の与吉を支えなければならない。料理の修業をどうするかは落ち着いてから考えればいい。

さて、峰吉にも挨拶しておかなければ、と思いながら藤七は店先を見た。峰吉はきょろきょろと通りを見回していたが、不意に背筋を伸ばして頭を下げた。

「いらっしゃいまし。何をお探しでしょうか」

客が来たようだ。朝から珍しい。

「うちの店は何でもそろっております。捜している物があったら何でもおっしゃってください、お武家様」

どうやら客は武士のようだ。これまた珍しい……待てよ。

「小僧、悪いが俺は物を買いに来たわけではないのだ」

男の姿が戸口に現れた。福永だった。

目の前にいる小僧の名が峰吉だと知れたらまずい。藤七は慌てて立ち上がった。

「おう、昨日木立に隠れていた男か」

作業場から店土間に下りたあたりで、福永が藤七に気づいた。

「なんだ、よく見れば俺の刀を避けて川に落ちた男じゃないか。そういえば、その後にここまでお前の荷物を運んできた覚えがあるな。あの時に奪った物も含めて、集めた刀を約束通りに持ってきたぞ」

「ありがとうございます」

藤七はいつの間にか物が散乱する店土間を通るのに慣れてしまっていた。素早くそこを駆け抜けて戸口から出る。

福永は大きな頭陀袋《ずだぶくろ》を抱えていた。口から刀が覗いている。驚いたことに十数本はあるようだった。

「これですべてだ。重いから気を付けろよ」

「は、はい」

確かに袋は重かった。一人で店の中に運ぶのは大変そうだ。後で伊平次か峰吉に手伝ってもらおうと考え、いったん地面に下ろした。

この中のうちの二本はあの旗本屋敷の物である。皆塵堂のことを駒之介に教えた札《ふだ》差《さし》を通して戻されることになっていた。だから、後のことは清左衛門にすべて任せてある。

残りの刀は岡っ引きの弥八を通して元の持ち主に返すことになっていた。世間体を気にする者たちばかりだから、刀さえ戻ればこの件はうやむやになるはずだ。

「それでは、俺はもう行く。小僧、しっかり食って立派な大人になるんだぞ」

福永はそう言い残して藤七たちに背を向け、悠々と歩き始めた。

その後ろ姿を眺めていると、峰吉が横に来て「あのお武家様、旅支度だったけど、どこに行くのかな」と訊いてきた。

「ええと、武者修行の傍《かたわ》ら、刀作りの名人を探すって言ってたかな」

「ふうん……早く見つかればいいね、その名人」

「そ、そうだな」

元々江戸の人みたいだったから、もしかしたら旅の終わり頃に見つけられるかもしれない。藤七はそう考えながら、遠ざかっていく福永の背中を見送った。

主な参考文献

『江戸の宿　三都・街道宿泊事情』　深井甚三著／平凡社新書
【原色】木材加工面がわかる樹種事典』　河村寿昌　西川栄明著／小泉章夫監修／誠文堂新光社
『増補改訂　原色　木材大事典185種』　村山忠親著／村山元春監修／誠文堂新光社
『指物の基礎と製作技法』　大工道具研究会編／誠文堂新光社
『嘉永・慶応　江戸切絵図』　人文社

あとがき

深川《ふかがわ》は亀久橋《かめひさばし》の近くにひっそりと佇《たたず》む皆塵堂《かいじんどう》という古道具屋を舞台に、曰《いわ》くのある品物を巡って騒動が巻き起こる「古道具屋 皆塵堂」シリーズの第十作であります。幽霊が出てくる話でございますので、その手のものが苦手だという方は念のためご注意くださいますようお願いいたします。

さて私、輪渡《わたり》颯介《そうすけ》はこのシリーズに出てくる小僧のように片付けというものが苦手でございまして、常日頃は、それはもう汚い部屋の中で仕事をしております。

しかしそれでもたまに「あっ片付けなきゃ」という思いがふつふつと湧《わ》き上がることがございます。どういう時かというと……原稿の締切前なんですけど。

テスト前になると部屋の掃除をしたくなるアホな学生みたいなものです。しかも輪渡はもういい年の大人なので、自室のみならず家全体にまで掃除の範囲が広がっていまして、仕事をしなくてはいけないのに障子の張り替えなどを始めてしまったりするのです。

で、作業を終えた後で「フッ、この綺麗《きれい》になった障子と同じように、俺様の原稿も真っ白だぜ」と呟《つぶや》き、爽《さわ》やかさの欠片《かけら》もない気分で仕事に戻るという、間抜けな作家生活を送っております。

そんな駄目な輪渡颯介がダラダラと書き続けて参りましたこの皆塵堂シリーズ、なんと本作で記念すべき十作目を迎えることができました。

宇宙を構成するすべての物質に謝意を。ありがとうございます。

まさか二桁の数に乗せることができるなんて、私、感無量です……ということで今回のあとがきは、そんなめでたい時だからこそ書ける反省文、題して「輪渡颯介、小賢《こざか》しい策を弄《ろう》したために作品世界から猫一匹を失う」をお送りします。

本作に出てくる猫三十郎《ねこさんじゅうろう》の話でございます。猫好き読者の方々には申しわけないことに、この猫の扱いに関してちょっとやらかしてしまいました。

まず初めに説明しなければならないのは、皆塵堂シリーズは七作目の『夢の猫』まては単行本で出版されていたということです。それが数年後に文庫化される、という形でした。

作中に出てくる鬼猫《おにねこ》長屋で生まれた、あるいはそこに引き取られてきた猫は順番に猫太郎《ねこたろう》、猫次郎《ねこじろう》、猫三郎《ねこさぶろう》、猫四郎《ねこしろう》……と名付けられていきましたが、『夢の猫』の段階では猫十四郎《ねこじゅうしろう》までいっていました。

輪渡としては、大変「時代小説向き」な名前である猫三十郎が登場するまで続けばいいな、と思っていたのですが、残念ながら皆塵堂シリーズはこの『夢の猫』で完結ということになりました。

その後、輪渡は「溝猫《どぶねこ》長屋」シリーズを出し、これが五作で完結してから「怪談飯屋古狸《ふるだぬき》」シリーズの執筆へと移りました。

そしてその怪談飯屋シリーズの二作目、『祟り神』の構想を練っている時に、輪渡はふと思ったのです。「猫三十郎を出しちゃおうか」と。

主人公が子猫を飼う話を考えていまして、それを猫三十郎にしたらどうだろうか、と思いついたのです。シリーズ完結後も皆塵堂の世界はそのまま続いていて、ついに鬼猫長屋に猫三十郎が生まれた、という設定です。

実際に輪渡はそういう話を『祟り神』に書きました。別シリーズへ子猫を移籍させるという、かなり強引なことをしたわけです。

しかも元の飼い主は猫大好き男の巳之助《みのすけ》です。適当な人間に子猫を譲渡するようなことはあり得ません。したがって相手が子猫を飼うに相応《ふさわ》しい者かどうかを見極めるエピソードが必要になります。

結果として巳之助は、他シリーズへのゲスト出演、などという生易《なまやさ》しいものではなく、思い切りがっつりと登場することになってしまいました。

このあたりに関しては「巳之助を出しすぎたぁ」という思いが輪渡の中にありますが、それはともかくとして、猫三十郎は無事に移籍が成立し、その後は怪談飯屋シリーズで活躍していくことになった……はずでした。

ところがです。『祟り神』が出版された直後、輪渡は担当編集氏から驚くべきことを告げられたのです。曰《いわ》く、「怪談飯屋シリーズは次の三作目で完結して、その後は文庫書下ろしという形で皆塵堂シリーズの続きを書いてもらいたい」と。

はあ？　なんだそれ？

いえ、仕事がいただけることには感謝しかございません。新作でも、過去シリーズの続きでも、大喜びでお書きします。ですが……あれ、猫三十郎は？

ということで……輪渡は文庫書下ろしで皆塵堂シリーズを再開。第八作の『呪い禍《か》』で鬼猫長屋に他所《よそ》から五匹の猫がもらわれてきて、猫十九郎《ねこじゅうくろう》までいきました。続く第九作の『髪追い』で鬼猫長屋に十一匹の子猫が誕生。ついに猫三十郎が皆塵堂シリーズ世界に生を受けました。

そして本作『怨返《おんがえ》し』で巳之助が怪談飯屋シリーズの主人公と邂逅《かいこう》。猫三十郎の譲渡となりました。

猫三十郎に関する流れは以上です。あの時に輪渡が余計なことをしなければ、きっとこの後も猫三十郎は皆塵堂シリーズで活躍してくれたことでしょう。しかし残念ながら、あっという間に本作で退場となってしまいました。本当、すみません。

私、輪渡颯介は、今後はくだらない策を弄したりせず、素直に、かつ真摯《しんし》に自作に向き合って執筆していくことを誓います。猫好き読者の皆様、そして猫三十郎様、このたびはまことに申しわけありませんでした。

最後になりますが、この『怨返し』の少し前に、怪談飯屋シリーズ『祟り神』が文庫化されておりますので、もし興味がありましたらそちらの方もよろしくお願いいたします。本作にある巳之助と猫三十郎の新たな飼い主との出会いが、相手側の視点で書かれています。

それでは、輪渡は気を取り直して次の仕事へと取り掛かります。結構差し迫っているというか、急いで書かねばならない状況ですので……とりあえず網戸の張り替えでもしましょうか。

本書は文庫書下ろし作品です。

|著者|輪渡颯介　1972年、東京都生まれ。明治大学卒業。2008年に『掘割で笑う女 浪人左門あやかし指南』で第38回メフィスト賞を受賞し、デビュー。怪談と絡めた時代ミステリーを独特のユーモアを交えて描く。「古道具屋 皆塵堂」シリーズに続いて、「溝猫長屋 祠之怪」「怪談飯屋古狸」シリーズも人気に。他の著書に『ばけたま長屋』『悪霊じいちゃん風雲録』などがある。

怨返《おんがえ》し　古道具屋《ふるどうぐや》 皆塵堂《かいじんどう》

輪渡颯介《わたりそうすけ》

2023年3月15日第1刷発行

発行者――鈴木章一

発行所――株式会社　講談社

東京都文京区音羽2-12-21　〒112-8001

電話 出版 (03) 5395-3510

販売 (03) 5395-5817

業務 (03) 5395-3615

Printed in Japan

講談社文庫

定価はカバーに表示してあります

KODANSHA

デザイン―菊地信義

本文データ制作―講談社デジタル製作

印刷―――株式会社KPSプロダクツ

製本―――株式会社国宝社

ISBN978-4-06-530881-3

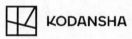

講談社文庫刊行の辞

二十一世紀の到来を目睫に望みながら、われわれはいま、人類史上かつて例を見ない巨大な転換期をむかえようとしている。

世界も、日本も、激動の予兆に対する期待とおののきを内に蔵して、未知の時代に歩み入ろうとしている。このときにあたり、創業の人野間清治の「ナショナル・エデュケイター」への志を現代に甦らせようと意図して、われわれはここに古今の文芸作品はいうまでもなく、ひろく人文・社会・自然の諸科学から東西の名著を網羅する、新しい綜合文庫の発刊を決意した。

激動の転換期はまた断絶の時代である。われわれは戦後二十五年間の出版文化のありかたへの深い反省をこめて、この断絶の時代にあえて人間的な持続を求めようとする。いたずらに浮薄な商業主義のあだ花を追い求めることなく、長期にわたって良書に生命をあたえようとつとめるところにしか、今後の出版文化の真の繁栄はあり得ないと信じるからである。

同時にわれわれはこの綜合文庫の刊行を通じて、人文・社会・自然の諸科学が、結局人間の学にほかならないことを立証しようと願っている。かつて知識とは、「汝自身を知る」ことにつきていた。現代社会の瑣末な情報の氾濫のなかから、力強い知識の源泉を掘り起し、技術文明のただなかに、生きた人間の姿を復活させること。それこそわれわれの切なる希求である。

われわれは権威に盲従せず、俗流に媚びることなく、渾然一体となって日本の「草の根」をかたちづくる若く新しい世代の人々に、心をこめてこの新しい綜合文庫をおくり届けたい。それは知識の泉であるとともに感受性のふるさとであり、もっとも有機的に組織され、社会に開かれた万人のための大学をめざしている。大方の支援と協力を衷心より切望してやまない。

一九七一年七月

野間省一

柄谷行人
柄谷行人対話篇Ⅲ　1989－2008
東西冷戦の終焉、そして湾岸戦争を通過した後の資本にどう対抗したらよいのか？
根源的な問いに真摯に向き合ってきた批評家が文学者とかわした対話十篇を収録。
978-4-06-530507-2
かB20

フローベール　蓮實重彥 訳
三つの物語／十一月
解説＝蓮實重彥
978-4-06-529421-5
フD1
生前発表した最後の作品集「三つの物語」と、若き日の恋愛を描き『感情教育』の母胎となった「十一月」。『ボヴァリー夫人』と並び称される名作を第一人者の訳で。

2022年12月15日現在